Dieses Büchlein widme ich meiner Familie sowie dem kleinen Kreis an Freunden, die immer wieder Texte gelesen haben. Sie alle ermutigten mich, diese kleine Sammlung an Schriften zu veröffentlichen…

Viel Freude beim Lesen,

Ahu Kelâm

Kurztrip durch mein Leben: 40 Jahre auf 80 Seiten!

Stationen meines Lebens, die ich kommentieren wollte!

Ahu Kelâm

Impressum

Bibliografische Information der Deutschen
Nationalbibliothek:
Die Deutsche Nationalbibliothek verzeichnet diese
Publikation in der Deutschen Nationalbibliografie;
detaillierte bibliografische Daten sind im Internet über
http://dnb.dnb.de abrufbar.

Herstellung und Verlag: BoD – Books on Demand,
Norderstedt

ISBN: 978-3-7534-0442-4

INHALTSVERZEICHNIS

Jetzt hast du einen kurzen Überblick über die Stationen meines Lebens. Ich freue mich, dass du dich für den Kurztrip mit mir entschieden hast. Als kleines Dankeschön würde ich dir gerne Blumen überreichen (natürlich nur schriftlich…)

SCHNITTBLUME IN DER VASE
2.0

Heute ist ein sehr schöner Tag und ich finde meine Wohnung kann schöne frische Blumen vertragen. Ich liebe, das positive Gefühl beim Anblick geschmackvoll arrangierter Schnittblumen in der Vase. Um sie frisch zu halten, gibt es allerhand Tipps und Tricks, aber das Schicksal jeder noch so schönen Schnittblume ist gewiss.

Sie wird austrocknen, verwelken...

Wenn der Blumenstrauß eine Bedeutung für mich hatte, lege ich eine Blume vom Strauß zwischen ein Buch.

Eine trockene Blume ist zerbrechlich, in ihr steht die Zeit still. Sie konserviert die Schönheit aus der Vergangenheit, gedenkt einer erinnerungswürdigen Zeit. Ohne ein lebendiger Teil der Gegenwart zu sein, ist sie im Hier und Jetzt; gefangen in den Erinnerungen an eine längst vergangene Gegenwart, die so nicht mehr existiert.

Wie lange überlebt eine Schnittblume, die lediglich Wasser und Sonnenlicht bekommt, wenn ihr die Erde verwehrt bleibt, die sie bräuchte, um Wurzeln zu schlagen?

Bereits Asik Veysel verarbeitete die Liebe zur Erde in einem seiner Lieder, dort heißt es: "Meine treue Geliebte ist die Erde..." (Benim sadık yârim kara topraktır...)

Wenn ich heute in die Augen meiner Mama schaue, sehe ich die Schönheit einer trockenen Schnittblume, die Zerbrechlichkeit und die traurige Erinnerung an eine sorgenfreie Gelassenheit einer aufblühenden Jugend, die ich nur noch erahnen kann sowie die Sehnsucht nach vergebener Geborgenheit.

Viele Menschen mit einem sogenannten Migrationshintergrund erster Generation (puh) wollen irgendwann in ihrer Heimat - wenn nicht zu Lebzeiten, dann doch zumindest nach dem Ableben. Sicherlich hoffen sie, dass die Sehnsucht nach der Erde, die ihnen in einem früheren Leben Geborgenheit schenkte, endlich wieder Geborgenheit schenken wird...

Mein Blick auf Blumensträuße hat sich geändert. Der Blick auf den vergeblichen Versuch sie möglichst lange frisch und schön zu halten. Der Blick auf jene getrockneten Blumen, die als Andenken an einen besonderen Moment zwischen Büchern oder in Regalen aufbewahrt werden, sobald der Kampf verloren ist.

Erde ist unverzichtbar und auf vielen Ebenen die Grundlage jeden Lebens.

PS: Wenn ich in den Spiegel schaue, sehe ich die Augen meiner Mama...

Die Suche nach Wurzeln fing früh an, so besuchte ich den Bazar der Identitäten...

BAZAR DER IDENTITÄTEN

Meine Zwillingsschwester und ich kamen erst mit 5 Jahren in den Kindergarten, da meinen Eltern vorher kein Platz für uns angeboten wurde. In den ersten 5 Lebensjahren waren wir lediglich der Muttersprache mächtig, waren jedoch nur einmal in der Heimat meiner Eltern im Urlaub gewesen.

Unsere Zeit im Kindergarten war sehr bedeutsam und einschneidend, daher noch immer sehr präsent. So erlebten wir unseren ersten Kulturschock mit 5 Jahren, ohne dafür die Stadt, geschweige denn das Land verlassen zu haben.

Alle anderen im Kindergarten sprachen eine andere Sprache und hatten andere Tischrituale und überhaupt lebten sie in einer anderen Lebenswelt als wir.

Aus Verzweiflung spielten meine Schwester und ich den türkischen Bazar nach. Wir schnappten uns eine Decke, platzierten einige Gegenstände darauf und fingen wild an zu gestikulieren und priesen diese lautstark -in türkischer Sprache- an. Ich bin heute noch erstaunt darüber, weil wir meines Wissens den Bazar nur in diesem einen Urlaub einmal besucht hatten. Nun zugegebenermaßen, die Bazare von damals waren schon beeindruckend, insbesondere für kleine Kinder, die im leisen Deutschland groß geworden sind.

Die Erzieher berichteten meinem Vater, der damals schon fließend Deutsch sprach, von diesem Vorfall und er war wenig amüsiert darüber. Jeden Tag mussten wir ihm neue deutsche Begriffe nennen, die wir am Tag gelernt hatten – die Abholzeit entwickelte sich zur Prüfungszeit, was einen gewissen Leistungsdruck aufbaute. Seine Methode verfehlte aber nicht ihr Ziel, wir lernten sehr schnell und sprachen relativ gutes Deutsch.

Heute ist mir bewusst, dass es an jenem Tag nicht um die Sprache ging, es ging um unsere Identität. Es wurde neu verhandelt und mit dem Händedruck zwischen unseren Erziehern und Papa waren die Verhandlungen vorläufig abgeschlossen - Wir waren Schüler des deutschen Erziehungssystems! - Im Laufe unseres Lebens haben wir unsere Identitäten immer wieder neu verhandelt. Manche Identitäten wurden uns nicht abgekauft, vor allem wenn der Identität vorgeworfen wurde, getürkt zu sein – Eigenschaften wurden dann gerne abgesprochen oder wegdiskutiert.

Ich konnte stets versichern, dass meine Identität keine Massenware war, sie war etwas individuelles und besonderes, daher äußerst kostbar.

Der Wert von Allem unterliegt allerdings wie so oft dem Zeitgeist und der Einstellung jedes Einzelnen, nicht wahr?!

Wer einen türkischen Bazar besucht hat, weiß: Die Verhandlungen gehen niemals zu Ende. Jede Identität entwickelt sich weiter - das ist keine Schizophrenie!

Auf der Suche nach Zugehörigkeit, mussten wir auch
Niederlagen verkraften...

DIE GUTEN INS TÖPFCHEN,
DIE SCHLECHTEN INS...

Menschen sortieren gerne und noch lieber sortieren sie aus: Klamotten, Möbel, Schuhe, Bücher, Zutaten...

Das Aussortieren von guten Linsen war für Aschenputtel vielleicht noch mühsam - so dass ihr die Tauben zur Hilfe kamen. Das Aussortieren von Menschen hingegen ist inzwischen so einfach, dass fällt niemandem mehr schwer.

Heute hatte ich das Gefühl aussortiert worden zu sein. Irgendwie fiel ich wohl durch das Raster - ich wünschte die Raster wären einfach nur engmaschiger gewesen...Warum auch immer; ich fiel!

Im freien Fall waren meine Gedanken ohnmächtig, aber der Aufprall war schmerzhaft. Es tut weh, nicht dazuzugehören!

Da dachte ich an die Linsen bei Aschenputtel. Plötzlich musste ich grinsen, denn die guten wurden alle in einen Topf geschmissen, womöglich zu einem Einheitsbrei gekocht und der bösen Stiefmutter serviert. Die aussortierten Linsen hingegen durften mit den wunderschönen Tauben wegfliegen...

Wenn ich eine Linse wäre...

Manchmal war ich so frustriert, dass ich am liebsten meinen Koffer gepackt hätte...

ICH PACKE MEINEN KOFFER...

Im Kindergarten war „Ich packe meinen Koffer..." ein Gemeinschaftsspiel, Gehirnjogging Ü4 - U70, das gelegentlich gespielt wurde, um die Kinder an einen Tisch zu bringen und für eine kurze Weile den Kindergarten in pianissimo zu genießen.

Damals packte ich gedanklich und mit vielen Kindern gemeinschaftlich meinen Koffer. Zu Corona-Zeiten holt mich meine Kindergartenzeit wieder ein, denn Reisen mit Freunden ist nur fiktiv möglich.

Vor Corona durfte ich allerdings meinen Koffer wahrhaftig und eigenständig packen.

Packen ist eine Kunst für sich, die ich als Tochter einer türkischen Mama über die Jahre perfektioniert habe. Ich habe früh gelernt, wie und was eingepackt wird, um das erlaubte Gepäckvolumen nicht zu überschreiten und immer noch Platz für den hausgemachten Tomatenmark zu haben. Schließlich durfte dieser auf keiner Rückreise aus der Heimat fehlen.

Tatsächlich musste ich sehr oft packen in meinen Leben, ich bin diverse Male umgezogen, habe selbstverständlich einige Reisen bisher unternommen und besuche heute regelmäßig meine Eltern, die einige Kilometer entfernt von uns leben.

Die Strategie beim Packen richtet sich maßgeblich nach dem Reiseziel, der Reisedauer und den Bedingungen vor Ort.

Ich erinnere mich an meine erste aufregende Reise. Ich war 18 und hatte an einem Austauschprogramm der Schule teilgenommen. Es ging in die USA. Ein absoluter Traum für mich als Teenager, in das Land mit den beeindruckenden

Filmkulissen meiner Zeit zu reisen. Das Land mit den unendlichen Möglichkeiten sollte ich für die nächsten 4 Wochen meine Heimat nennen dürfen.

Es war wirklich Heimat - ich reiste vor 2001 in die USA - und erlebte eine Freundlichkeit, die nicht an Gäste gerichtet war, sondern an Mitmenschen. Wenn ich zurückdenke, erinnere ich mich an viel Lob für mein mageres Schulenglisch und keine einzige Frage zu meiner Herkunft - Ein Satz, den ich für mein Geburtsland Deutschland definitiv umformulieren müsste!

Es gelang mir, mich sofort zu Hause zu fühlen und bald trällerte ich ganz natürlich die Nationalhymne mit, träumte auf Englisch, aß Mais, rührte Milchpulver, wusch kalt und hatte Bilder mit meinen neuen Freunden auf der Kommode neben meinem Bett aufgestellt.

Zu Beginn hatte ich auf der Kommode Bilder von meinen Eltern und Freunden sowie andere Gegenstände aus Deutschland aufgestellt. Ja, ich hatte so gepackt, dass ich möglichst kein Heimweh empfinden würde und mich vielleicht sogar zu Hause fühlen dürfte…Aber meine (Gast-) Familie machte es mir leicht, mich zu Hause zu fühlen, so hatte ich einige Bilder zur Seite geschoben, um Bilder meiner zweiten Familie und neuen Freunde aufzustellen.
In diesem Moment dachte ich an meinen Großvater, als er seine erste Reise in ein fremdes Land antrat.

Mein Großvater war der erste und der einzige unserer Vorfahren, der die Einladung Deutschlands annahm. „Work and Travel der 60er" sozusagen. Er zog alleine los, verließ für eine kurze Zeit seine Heimat, um in einem anderen Land zu arbeiten. Der Koffer, den er mitnehmen konnte, hatte nur wenig Platz, so packte er seine Traditionen, Kultur und

Glaubenssätze ein, um sich fern der Heimat hoffentlich zu Hause fühlen zu können.

Er arbeitete in einer Firma und reiste in sehr langen Abständen für eine sehr kurze Zeit in seine Ur-Heimat - er hatte nie die Chance die Entwicklungen in seiner Ur-Heimat mitzukriegen - denn er war damit beschäftigt deutsche Schokolade zu verteilen, die er reichlich einpackte, um seiner Familie und seinen Freunden eine Freude zu machen. Sie sollte die lange Trennung von Sohn, Ehemann, Vater, Bruder, Freund...versüßen.

Nachdem er Deutschland wieder für immer verließ, stellte er fest, dass seine Heimat nicht mehr das Land war, das er verlassen hatte und er brauchte eine Weile bis er sich an seine neue, alte Heimat gewöhnen konnte. Um ehrlich zu sein: Der erste Aufbruch aus seiner Heimat war ein Bruch mit dem Begriff der Heimat. Hatte er nun zwei Orte der Heimat oder keine Heimat mehr?

Als mein Opa verstarb und wir das Haus in der Türkei aufräumten, entdeckte ich nur ein Foto aus seiner Zeit in Deutschland: Es war ein Foto mit seinen Kollegen am Fließband in einem alten Karton im Kleiderschrank.

Ich hingegen wünsche mir für mich eine Kommode mit Bildern aus unterschiedlichen Orten und Zeiten, die gleichberechtigt nebeneinanderstehen und meine Gegenwart schmücken, die ich im Falle eines Aufbruchs in meinen Koffer packe...

Inzwischen wurde ich älter und hatte einige Bilder angesammelt. An einem Nachmittag, blätterte ich ein Fotoalbum mit einigen Schnappschüssen aus meinem Leben durch und hatte einen Kaffee und Marmorkuchen dazu...

MARMORKUCHEN

Hast du schon mal einen Marmorkuchen gebacken und eventuell auch noch einen zweiten?

Ich bin keine begnadete Bäckerin, aber ein Marmorkuchen ist mir immer gelungen. Allerdings ist es mir noch nie gelungen ein Muster von einem Stück zu reproduzieren?

Ist es dir jemals gelungen?

Jedes Stück hatte ein eigenes Muster und war auf seine individuelle Art äußerst schmackhaft...muss ich gestehen.

An einem Tag - in Mitten einer Identitätskrise, als Deutsch-Türkin - konnte ich mich nicht mit den Deutschen, den Türken in Deutschland oder den Türken in der Türkei identifizieren, plötzlich konnte ich mich mit dem Stückchen Marmorkuchen nebst meinem Kaffee identifizieren.
Jede Deutsch-Türkin hat ihre eigene Mischung, so wie ich eben auch. Einige lieben die orientalische Musik, sprechen lieber Deutsch, haben viele Verwandte in der sogenannten Heimat. Andere lesen gerne deutsche Literatur, alle Verwandte leben in ihrer Umgebung, sind in einem Folklore-Verein etc...
Ich bin nicht einsam, sondern einzigartig. Ich muss nicht mehr auf der Suche nach einem zweiten identischen Stück sein.
Nun ja, genug philosophiert...
Allerdings muss ich sagen: An jenem Tag schmeckte mir mein Stück besonders gut.

Eine befreiende Erkenntnis, nun konnte es losgehen! Der Suche einer Identität folgt sicherlich die Suche nach Freunden und Lebenspartner...

EINFACHE BRUCHRECHNUNG

Als mein Mathelehrer mit seiner Tasche unter dem Arm die Klasse betrat und Bruchrechnung an die Tafel schrieb, ahnte ich nicht, dass er uns eine Lehre für das Leben mitgeben würde. Alle Mathelehrerinnen würden im Sinne der Verteidigung behaupten, dass alle Inhalte ihrer Einkommensberechtigung lebensrelevant seien. Obgleich die Ankläger oft anderer Meinung sind, muss ich ihnen diesmal recht geben.

Ich habe nur ein Leben 1/1. Wie lauten die Regeln bei einer Addition: Eine Verrechnung geht nur wenn ich einen gemeinsamen Nenner gefunden habe!!!

Der gemeinsame Nenner - womöglich, DIE wichtigste Lehre der Mathematik. Sie ist die Basis aller zwischenmenschlichen Beziehungen. Manch einer verbringt ein ganzes Leben auf der Suche nach einem gemeinsamen Nenner.

Wie die Mathematik uns lehrt, bedingt es oft einer Erweiterung mit einer Zahl. Jede Begegnung birgt also das Potenzial unser Selbst zu erweitern, wenn wir keine Erfüllung in der Existenz einer Primzahl anstreben.

Ist das Leben noch so unberechenbar, es ist immer ein schönes Gefühl, wenn eine Rechnung aufgeht! Es lohnt sich den gemeinsamen Nenner zu entdecken, denn bereits der Weg dahin stellt eine Bereicherung dar.

Der Traumpartner definiert sich also über den gleichen Nenner. Was noch?!...

MEIN TRAUMMANN

Mädchen malen sich gerne ihre Traummänner aus und man mag es mir nicht glauben, aber ausgerechnet im Studium wurden die Vorstellungen über Traummänner unter den Kommilitoninnen gerne regelmäßig ausgetauscht. Warum ausgerechnet dann? Nun ja, ich dachte im Studium hat Man(n) und Frau die Pubertät überstanden und ist endlich wieder in der Lage geradeaus zu denken ohne akribisch links und rechts nach potenziellen Partnern zu suchen.

Dem war nicht so! Wahrscheinlich dienten die Träumereien der wohlverdienten Ablenkung von der pausenlosen Paukerei oder man wollte möglichst ganzheitlich an der Zukunft arbeiten - ganz im Sinne einer Work-Life-Balance, gehört das Privatleben eben dazu.

Und so wurde die Liste mit den Must-haves eines Traummannes Pause für Pause, Mädelsabend für Mädelsabend immer länger und spezifischer:

- Mein Traummann muss mich immer umsorgen und sich immer nach mir erkundigen, aber an den Mädelsabenden oder bei meiner Lieblingsserie sollte er mich besser nicht stören.

- Mein Traummann muss viel Geld verdienen, aber nicht zu lange arbeiten, damit wir auch noch Zeit füreinander haben. Falls ich im Sport bin oder Freunde und Familie ohne ihn besuchen will, kann und sollte er gern Überstunden machen.

- Mein Traummann muss meine Ziele unterstützen, aber darf mich nicht bei diesen beeinflussen.

- Mein Traummann muss immer ehrlich zu mir sein, aber auch mal schweigen, wenn ich es gerade nicht ertragen kann, die Wahrheit zu hören.

- Mein Traummann sollte von möglichst vielen Frauen begehrt werden, aber nur mir gehören.

- Mein Traummann muss mir jeden Wunsch von den Augen ablesen, aber nicht über meinen Kopf hinweg entscheiden.

- Mein Traummann sollte groß sein, maximal 17 cm größer als ich, wenn ich Sportschuhe trage, damit er bei meinen Lieblings-High Heels mit 12 cm immer noch 5 cm größer ist...

Puh irgendwann wurde es anstrengend und irgendwie auch unübersichtlich...Das Bild wurde diffuser statt klarer. Ich glaube ich hätte meinen Traummann nicht mal mehr erkannt, wenn er direkt vor mir gestanden hätte.

So entschied ich mich gegen eine Liste mit allen Eigenschaften eines Traummannes und wollte mich nur noch auf mich konzentrieren - und zwar auch in der Partnersuche! Ich wollte herausfinden, ob ich bei einem Date mit diesem Mann mein Traum-Ich werde. Das heißt, ich konnte meine Liste erheblich - auf nur einen wesentlichen Punkt - kürzen:

- Mag ich MICH, wenn er bei mir ist?

Wenn ich diese Farge mit einem „Ja" beantworten kann, dann steht einem „Ja" vor dem Standesbeamten auch nichts mehr im Weg.

Nur ein Tipp an alle Traummänner, die ihre Traumfrauen suchen: Ihr dürft meine Liste gerne kopieren, ihr müsst nur das „er" mit „sie" ersetzen.

Ich habe ihn gefunden und geheiratet...

E B R U ...

...ist ein Frauenname persischen Ursprungs.

...ist eine besondere Malkunst, mit der wir unsere Hochzeitseinladung verziert haben.

Warum?

Wer Kinder hat und ab und zu mit Wasserfarben malt, wird feststellen, dass je länger Farben übermalt werden, sich diese zu einem einheitlichen braun-schwarz vermischen, inklusiver das Wasser im Glas...alles erstickt im einheitlichen braun-schwarz.

Die Ebru-Kunst ist besonders, da nicht auf dem Papier, sondern zunächst auf Wasser gemalt wird – Nichts ist mit dem ersten Pinselstrich fix und unveränderbar. Alle Formen und Motive beginnen mit einem kleinen Kleks auf dem Wasser und entwickeln sich gemeinsam zu einem vorläufigem Bild, ohne dass sich die einzelnen Farben vermischen.

Es ist so sinnbildlich für jede menschliche Beziehung; sowohl in der kleinsten Beziehung zweier Menschen als auch die Beziehung vieler Menschen einer Gesellschaft oder sogar die Beziehung aller Menschen auf der gesamten Welt.

Der Wortlaut unserer eigens mit Ebru verzierten Hochzeitseinladung:

Wie in einem Ebru-Kunstwerk sind wir uns begegnet. Unsere unterschiedliche Herkunft, Lebensweise und Kultur haben sich zu einem neuen, individuellen und wunderschönen Gesamtbild vereint.

Seither entwickelt sich unser Bild jeden Tag aufs Neue: neue Farben wurden hinzugefügt, neue Motive sind entstanden –

unserer Bild ist voller und bunter geworden - ich hoffe, dass uns (als Familie, als Nation, als Menschheit) das Einheits-Braun-Schwarz auf ewig fernbleibt, bis der Tod uns scheidet.

Eins ist sicher, lässt die Leinwand keine Farbenvielfalt zu, dann entsteht ein braunes Geschmiere - ich weiß nicht wie es anderen geht, aber ich betrachte lieber ein buntes Bild...

Nach unserer Hochzeit waren wir nun eine Familie...

WANN IST FAMILIE – FAMILIE?

Im türkischen heißt Familie: „Aile." Ich erinnerte mich, dass mein Opa mir einst erklärte, dass der Begriff aus dem Arabischen stamme. Er sagte, es bedeutete so viel wie eine Hausgemeinschaft, die verpflichtet ist, einander zu umsorgen, sie zu versorgen, die voneinander Abhängigen.

Für mein Verständnis war der Begriff etwas dürftig, da doch die emotionale Seite einer Familie gar keine Berücksichtigung findet. Die einzigen Emotionen, die ich empfand, waren Pflicht- und Abhängigkeitsgefühl - immerhin haben beide das Wort „-Gefühl" inne.

Ich war schon enttäuscht muss ich zugeben. Wer würde schon sein Ehegelübde mit den Worten schmücken wie „...und ich möchte für immer und ewig von dir abhängig sein...". Wer würde überhaupt noch heiraten in der emanzipierten Welt in der wir leben? Allerdings war das doch der türkische Begriff mit arabischen Wurzeln. Diese Erkenntnis bestätigt (zumindest weckt es) ein gewisses Vorurteil, ist es nicht so?!

Voller Hoffnung recherchierte ich geschwind den Begriff der Familie. Auf Wikipedia heißt es „die lateinischen Begriffe famulus und famula bedeuteten „Haussklave", „Diener" bzw. „Sklave" und „Dienerin" bzw. „Sklavin". Der davon abgeleitete lateinische Begriff familia ist in der lateinischen Sprache „vielschichtig". Für den heutigen Familienbegriff gab es im Lateinischen - genau wie im Griechischen - kein Wort: „In keiner ihrer Bedeutungen war familia also die Kernfamilie, bestehend aus Vater, Mutter, Kindern." Sprachwissenschaftlich würde ich behaupten, dass alles was wir nicht ausdrücken können, auch schlicht weg nicht existiert.

Plötzlich empfand ich die arabische Etymologie voller Gefühl und etwas erleichternd. Ich fragte mich, ob Familie unter dem Strich nicht genau das bedeutete: man sollte im besten Fall einander pflegen und umsorgen; und ja Kinder und Eltern sind in bestimmten Zeiten ihres gemeinsamen Lebens wirklich voneinander abhängig. Den Rest an Emotionen, den ich zu finden hoffte, kann man ja individuell hinzufügen!

Warum muss Recherche auch immer rückwärtsgerichtet sein, warum nicht den Blick in die Gegenwart oder Zukunft wagen?

Was bedeutet Familie für mich heute und morgen?

Vielleicht war das die edle Absicht der Griechen: Sie wollten uns sicher eine grüne Wiese zum freien Entfalten und Interpretieren schenken.

Da strömten mir ziemlich viele Gedanken zu, es wäre wahrscheinlich eine lange Liste, wenn ich versuchen würde alles zu erfassen und schriftlich festzuhalten (aber ich arbeite ja nicht an einem Ehevertrag! - was für ein Unsinn diese Eheverträge…)

Einige Begriffe möchte ich jedoch herausheben: Verantwortung, Verständnis und Kommunikation. Huh, in meiner Liste haben es die Begriffe Liebe, Leidenschaft etc. auch nicht auf Platz 1 geschafft. Wichtig ist doch, dass meine Familie auf Platz 1 steht und nicht die Begriffe, die ich darunter zusammenfassen möchte!

Aber bei all den Gedanken über Familie, weiß ich eins: Versklaven sollte sich bitte niemand! Gott sei Dank, gibt es das ja auch nicht, zumindest nicht etymologisch!

Wer bisher also dachte Liebe ist alles was man braucht…

WAS DU BRAUCHST...

...Viele Musiker wüssten wahrscheinlich sofort wie sie diesen Text vervollständigen würden. Aber es ist nicht nur die Musik, es sind: Hollywood, Bollywood, Märchen, Literatur, Theater, Radio...Liebe einmal rauf und runter - voller Tamtam!

Liebesposen auf WhatsApp, Facebook, Instagram...

Gott ist das laut! Man möchte sich einmal die Ohren zu halten, mal durchatmen und überlegen, wieviel Liebe braucht der Mensch, wer/ was? und wo bleibt meine große Liebe?

L-I-E-B-E

Für jeden Menschen sollte Liebe in Slow Motion existieren und großgeschrieben werden! Ich versuche das zu leben: Die Liebe gegenüber meiner Familie möchte ich genießen, jeden Tag zeigen oder aussprechen, und die größte Bedeutung zusprechen- nicht nur auf Sozialen Medien- sondern auch im Alltag.

Aktuell ist es für mich einfach zu laut! Hass, das Gegenteil zu Liebe ist auch gegensätzlich in der Beschaffenheit – robust und durchaus beständiger. Das Gefühl der Liebe ist so fragil und zart, dass es zerbricht unter diesem ganzen Tamtam...es sollte nicht kommerzialisiert, idealisiert oder zur Schau gestellt werden, denn dann verliert es sein Wesen und stürzt uns in eine Liebe-befreite und traurige Welt...

Während uns Märchen, Hollywood und Instagram vorstellen, wie Liebe zu sein hat, verhält sich Liebe wie ein schüchternes Kind, das gar nicht auf die Bühne möchte! Es möchte umsorgt und gepflegt werden und behutsam wachsen dürfen. Wie ein Kind, das sich entwickelt und verändert, hat die Liebe auch unterschiedliche Gesichter im Laufe seiner Zeit. Es entwickelt sich zu Leidenschaft, Freundschaft, Respekt, Verständnis etc…Man braucht auch keine „Liebe auf den ersten Blick" das wäre ja wie ein „One-Hit-Wonder" – wie wäre es mit einem „Evergreen" (schöner Name wie ich finde, denn er beschreibt, dass der eigene Rasen immer grün ist ;), der beim Jammen mit Freunden so ganz beiläufig entstanden ist? Ein Song, den ihr immer wieder hören könnt, der zu unterschiedlichen Lebensphasen unterschiedliche Facetten von sich zeigt und gefühlt millionenfach gecovert wird, so dass es nie aus der Mode kommt.

Wenn wir die Liebe in unserem Leben mit dem im Fernsehen oder dem unserer Freunde vergleichen, könnte es sein, dass wir uns fragen - wo ist meine Liebe geblieben?

Dabei hat die Liebe sicher einen Platz in unserem Leben! Wir erkennen es wahrscheinlich nur nicht mehr wieder…Außerdem können Gefühle nicht miteinander verglichen werden! Das ist Fakt!

Schmeckt dir die Erdbeere so wie sie mir schmeckt, sind deine Kopfschmerzen wie meine Kopfschmerzen, empfindest du Fernweh so wie ich Fernweh empfinde, riechst du Knoblauch so wie ich Knoblauch rieche, hmmm? - All diese Phänomene werden die Wissenschaft niemals erforschen können, denn sie sind subjektiv!

You need love! Mit der Aussage bin ich d´accord! Aber bitte so individuell wie die Liebe ist und so unterschiedlich wie sie von uns allen empfunden werden kann!

In Liebe, Ahu Kelâm

Mit der Geburt unserer Kinder war unsere Familie
vollkommen…

26

DIE SCHLIMMSTEN
ARBEITGEBER DER WELT…

…sind definitiv Kinder.

Man arbeitet gefühlt rund um die Uhr, nimmt Arbeit bitte mit in den Urlaub, eine Krankmeldung wird stets ignoriert, Stress wird zum alltäglichen Begleiter und ob man eine gute Zukunftsvorsorge erhält, ist zumindest fraglich. Man arbeitet sowieso zum Nulltarif. Eigentlich muss man sogar draufzahlen…Außerdem sind Kündigungen ausgeschlossen!

Wenn ich eine Stellenbeschreibung mit ähnlichen Kriterien lesen würde, würde ich mich definitiv nicht bewerben, du?

Ich denke du ahnst, was jetzt kommt und du hast Recht:

Ich liebe meine Kinder und ein Wohnzimmer ohne Stolperfallen und Spielzeugbauten sind definitiv überwertet. Wer lebt schon in einem Haus wie aus *Schöner Wohnen*?! Zumindest niemand, den ich kenne…was zugegeben nicht die gesamte Bevölkerung einschließt, aber sei es drum!

Wenn ich ehrlich bin, wünschte ich mir sogar noch ein weiteres Kind…aber es scheint vielen Frauen so zu gehen, denn 3 ist das neue 2….

Ein häufig angeführtes Argument kinderloser Frauen allerdings lautet: „Keine verantwortungsbewusste Frau dürfte Kinder in diese Welt setzen." Die zukünftige Welt ist nicht kinder- oder gar menschenfreundlich. Klimatischer und technischer Wandel sind unter anderem genannte Faktoren für die schlechte Zukunft, die uns alle sicher erwarten soll.

Eigentlich werde ich immer für mein Verantwortungsbewusstsein gelobt - eine Eigenschaft, die ich voller Überzeugung auch auf jedem meiner Bewerbungsunterlagen unter Stärken aufgeführt habe.

Liege ich etwa falsch?

Ich muss zugeben, manchmal erwische ich mich schon dabei, wie ich aktuelle Talkshows oder Dokumentationen wegschalte (ich möchte mir sowohl die Illusion der traumhaften Strände bewahren, die ich niemals bereisen werden kann als auch des globalen Friedens, den es wahrscheinlich auch niemals geben wird). Schnell macht sich ein schlechtes Gewissen meinen Kindern gegenüber breit (insbesondere nach derartigen Sendungen).

Werde ich sie ausreichend auf ihre Zukunft vorbereiten können?

Ich rede bewusst nicht von einer guten oder sicheren Zukunft. Was heißt schon gut und sicher? Standards werden immer wieder neu festgelegt und sind außerdem individuell, also befasse ich mich nicht damit. Mich bewegt vielmehr die Frage, wie unsere Zukunft aussehen wird und ob ich mich oder meine Familie befähigen kann, sich in dieser Zukunft zurecht zu finden.

Nein! Denn ich glaube, dass wir in einer Zeit leben mit großen Unsicherheiten und daraus resultierenden Ängsten. Vielleicht war das aber immer so? Wenn ja, würde es mich etwas trösten und ich würde nicht denken, dass ich mit meinem Geburtsjahr nicht so günstig lag oder eben meine Kinder.

Da haben wir es doch! Schließlich liegen zwischen meinen Kindern und mir Jahrzehnte (ich werde sicher nicht mein Alter verraten, aber für die heutigen Verhältnisse und meinem biologischen Alter würde ich sagen, dass ich gerade zu richtigen Zeit Mama geworden bin.

(Auch wenn ich mir gewünscht hätte, meine Kinder früher bekommen zu haben. Aber das ist eine andere Geschichte)).
Schluss mit den Gedankenblasen in Klammern!

Weiter mit den Gedanken: Welches Jahr wäre also günstig gewesen?

Allein der Wunsch, dieser Frage nachzugehen löst in mir zunächst ein tiefes Seufzen aus und relativ zeitnah folgt dann unweigerlich die Schnappatmung.

Denn seien wir mal ehrlich: Wir Menschen haben uns nicht mit Ruhm bekleckert in unserer Vergangenheit, nicht wahr?!

Diese Erkenntnis, beruhigt mich, zwar auf eine seltsame und befremdliche Art, aber sie beruhigt mich. Menschen vor 100 Jahren und noch viel mehr hatten sicher die gleichen Ängste und Bedenken. Viele Katastrophen wurden abgewendet und vielleicht gelingt unserer Generation ja auch noch ein rettendes Manöver.

Mein Mann sagt immer, Unsicherheiten muss man aushalten. Zur Sicherheit werde ich jedoch einen online Kurs zu Resilienz belegen.

Aber das stand definitiv noch nie auf einem meiner Bewerbungsschreiben.

Vielleicht ist Resilienz das neue Verantwortungsbewusstsein!

Welche Rolle hätte ein weiteres Kind, wenn wir ein weiteres bekommen würden?
Bisher habe ich diese beiden bei mir…

ERBAUER UND ZERSTÖRER

Wer mindestens 2 Kinder hat, wird zu, sagen wir mal, so Pi mal Daumen, circa 99,9% sagen, dass mindestens 1 Kind (meist das Erstgeborene) ein Erbauer und das andere Kind (ergo meist das Zweitgeborene oder Drittgeborene...) der Zerstörer sei.

Die Erbauer, strukturieren, ordnen an, spielen mit Bauklötzen, Autos, Zügen und mit allem anderen was der Spielwarenmarkt so hergibt. Sie puzzeln, malen Bilder, erbauen Schienensysteme und/ oder Sandschlösser.

Sandschlösser, die für die Mütter zu Luftschlössern werden, denn der Wunsch nach einem zweiten Kind wächst heran.

Dann trifft sie Gottes Segen ein zweites Mal und sie erhalten einen Zerstörer. Mütter fragen sich dann oft: „Was hab´ ich falsch gemacht?". Eigentlich sollte die Frage lauten: „Was haben WIR falsch gemacht?" aber sei es drum.

Der Zerstörer erforscht Dinge und Prozesse, indem er sie auseinandernimmt, in das Innerste blickt sozusagen und eine neue Ordnung im Chaos findet. Nebenher zerstört er oftmals den Wunsch nach einem weiteren Kind, falls er nicht zerstörerisch genug war, wird es eben ein Sandwich-Kind. Wenn alle Babys und Kleinkinder das hätten erahnen können, hätten sie womöglich manchmal eine Schippe im Sandkasten draufgelegt oder um den Sandkasten herum.

Ich sitze hier und tippe ruhig und mit den besten Absichten vor mich hin, kann allerdings die aufgerissenen Augen, den offenen Mund, den man beschämt mit der Hand zuhält und das Entsetzen, der zukünftigen Leser/INNEN - ja insbesondere der Mütter - sehen. Väter könnten eventuell auch mal denken: „Na endlich, ein zweites Kind! Auch mal ein Spielkamerad für mich und nicht nur ein Kuschelersatz für Mama" Aber es können sich alle Gemüter beruhigen - auch die Männer, eure Zeit kommt noch!

Ich beschreibe was ich beobachte und bewerte nicht. Schließlich kann ich nichts dafür, dass der Begriff des Zerstörers negativ konnotiert ist. Beide lernen, probieren sich aus und erschaffen Ordnung bzw. Neu- Ordnung. Das Einzige was sie unterscheidet ist die Methode und manchmal auch die Kompetenzen, die sie fördern und aufbauen. Im Grunde kann das Zweitgeborene ja gar nicht anders, wenn das ältere Geschwisterchen alles schön angeordnet hat oder ein schönes Sandschloss erbaut hat. Dann muss es, um überhaupt handeln zu können, zerstören.

Wenn Eltern ihre Kinder nicht vergleichen und sie stattdessen ermutigen und befähigen ihre unterschiedlichen Kompetenzen als komplementär zu erachten, können sie nachdem das Alte zerstört ist, gemeinsam was Neues erbauen. Dann ist doch alles wieder in Ordnung, und zwar für alle.

Dann haben Eltern übrigens alles richtig gemacht, liebe Mamis!

PS: Es gibt Erbauer und Zerstörer jeder Altersklasse, die Notwendigkeit einander zu tolerieren, voneinander zu lernen und auf einander zuzugehen, hört nie auf. Sobald das aufhört, fängt das Streiten an - genau wie im Kindergarten!

Der Kaffee am Morgen ist für mich ein Moment der Ruhe und Entspannung bevor die Kinder aufstehen...

KAFFEE VOR DER ARBEIT

Jeder der Kinder hat, fragt sich jeden Tag was gebe ich meinen Kindern heute mit - jede Interaktion wird auf ihre erzieherische Tauglichkeit geprüft.

Wenn ich an meine Kindheit zurückdenke, stelle ich fest, dass meine Eltern immer liebevoll, allerdings sehr beschäftigt waren. Sie gingen zwischen 5 und 5:30 morgens aus dem Haus und kamen oft 14:30 wieder zurück, renovierten anschließend das Haus, in dem wir wohnten und hatten außerdem immer ein offenes Ohr für die Belange ihrer Freunde und unterstützen sie bei diversen Tätigkeiten. Sie hatten also einen ziemlich vollen und eng getakteten Tagesablauf und Zwillinge!

Wenn wir morgens wach wurden war die Wohnung leer, aber auf dem Küchentisch standen eine Kaffeekanne und zwei Tassen. HMMM, der Duft eines am Morgen frisch gebrühten Kaffees lag noch immer in der Luft! Der Tisch sah einladend aus und gehörte wohl zur morgendlichen Routine unserer Eltern.

Sie waren immer ein Vorbild für uns und so war es ganz selbstverständlich, dass auch wir vor der Arbeit, der Schule, einen schwarzen Kaffee tranken. Die Tasse Kaffee am Morgen gehört heute noch zu einem gelungenen Start in den Tag, allerdings waren wir damals erst 9 Jahre alt. Es verging eine kurze Weile bis unsere Eltern feststellten, dass das abgestellte Geschirr vom morgen eine erzieherische Funktion erfüllt hatte. So haben wir relativ früh einen väterlich angeordneten Entzug mit Caro-Kaffee durchleben müssen, an den wir beide zwar mit Grauen, aber mit einem Lächeln zurückdenken.

Jedes Handeln, jede Geste, jeder Gegenstand erfüllt wohl eine erzieherische Aufgabe, das ist uns Eltern bewusst und kann ein Gefühl der Überforderung und/ oder Sorge mit sich bringen.

Bitte keinen Stress!!! Bei einigen Müttern und Vätern entsteht der Eindruck, dass sie ein ganzes Unternehmen bräuchten, um ihre Kinder optimal aufwachsen zu lassen. Idealerweise beschäftigen Sie neben einem Chauffeur, einem Koch, einem Haushälter, einen Qualitäts- und Prozessmanager, die alle Ratgeber für Eltern durchackern, zusammenfassen und Handlungsanweisungen schreiben sowie Ereignisse in der Familie evaluieren und Verbesserungsvorschläge machen. Eine derartige Investition ist nicht finanzierbar, also nehmen viele Mütter diese Aufgabe selbst in die Hand.

FÜRCHTERLICH! Mütter sind tatsächlich die schlimmste Infotheke einer Gesellschaft, da sie sich völlig unaufgefordert dazu berufen fühlen, Ratschläge zu verbreiten, die sich idealerweise auch noch widersprechen; eigentlich erinnern sie mich vielmehr an Damen, die mit einem Flyer in der Fußgängerzone umherlaufen, um Weisheiten zu verbreiten. Normalerweise kein Problem, aber weil es inzwischen alle machen, kann man nicht mehr ungestört an ihnen vorbeilaufen. Ein Ignorieren ist utopisch, ein Gedankensalat vorprogrammiert!

Am besten man geht nur noch in den Wald spazieren...seit Corona ist der Wald allerdings völlig überstrapaziert...

Es gibt sicherlich andere Plätze, um ungestört zu spazieren, sinnieren und zu erleben.

Für mich ist jede Interaktion mit meinen Kindern wertvoll und muss nicht erst durch die Qualitätskontrolle oder eine

Absicherung durch einen Erziehungsratgeber bestehen. Mütter sollten sich die Zeit nehmen, ihre Kinder kennenzulernen, anstatt pädagogische Ratgeber direkt nach einen positiven Schwangerschaftstest zu kaufen.

Ein Tipp: Es kommt nicht auf die Quantität, sondern auf die Qualität der gemeinsamen Zeit an. Lehnt euch zurück und trinkt einen aromatischen Kaffee, beobachtet eure Kinder und seid für sie da, wenn sie euch brauchen. Nicht vergessen das Geschirr wegzuräumen!

Zu einem perfekten Lebenslauf gehört für viele Menschen das Gründen einer Familie, das Pflanzen eines Baums und das Bauen eines Hauses. Ich wünsche mir auch ein eigenes Haus für meine Familie. Allerdings entwickelt sich das sehr schwer...

ICH WILL DOCH NUR WOHNEN...

Wer kennt es nicht, ohne eine konkrete Kaufabsicht in ein Möbelfachgeschäft zu fahren, um mindestens mit einer neuen Bettwäsche nach Hause zu fahren (oder Kerzen, oder Bilderrahmen, oder Kissen, oder Servietten...oder irgendetwas anderes Lebensqualität-steigerndes) Wer will schließlich nur hausen, ich nicht?!

ICH WILL LEBEN! Und zwar in einem hübschen Zuhause!

Ich bin eine emanzipierte junge Frau mitten im Leben, die ihr Zuhause als ihre Wohlfühloase betrachtet. - Zu Zeiten von Homeoffice und Yoga, ist es sicherlich kein falscher Gedanke, oder? Also bitte! - Zudem ist ja auch bekannt, dass es in vielen Möbelfachgeschäften nicht teuer sein muss, um endlich schick leben zu dürfen...

An alle Ehemänner da draußen: Es gibt Schlimmeres und das zu einem wesentlich höheren Preis!

An alle Menschen da draußen: Ja, es gibt Schlimmeres und das zu einem wesentlich höheren Preis, nämlich wenn Menschen gezwungen sind, ihre Heimat zu verlassen, in irgendwelchen Notunterkünften untergebracht sind, fern jeglicher Wohlfühloasen, vielleicht fern jeglicher Verwandten und um das nackte Überleben kämpfen.

Sie wären froh, wenn für sie der Slogan ihres Lebens lauten würde „ich überlebe und wohne endlich!"

Ich sollte auch froh und dankbar sein, weil es doch für mich zutrifft! Ich überlebe und habe ein Dach über dem Kopf.

Wenn die Grundbedürfnisse gedeckt sind, dann strebt der Mensch nach Höherem! Das ist völlig nachvollziehbar und okay, aber anstatt glücklich darüber zu sein wie viele Stufen wir in der Bedürfnispyramide von Maslow erklommen haben, schauen wir stets nach oben, um unglücklich und getrieben zu sein. Was stimmt also nicht mit uns? Manchmal würde ich so gerne auf meine Instinkte pfeifen und besonnener sein - das gelingt nur wenn „Instinkt" zu „Bewusstsein" wird – Also muss ich nur DENKEN!

Denken ist allerdings nicht immer so leicht: In einer Quizsendung wurde die Frage gestellt, welche Insel die gesamte Weltbevölkerung aufnehmen kann, wenn jeder Mensch 1 m² zur Verfügung hätte - Zugegeben, der Mindestabstand wäre so nicht mehr gewährleistet, dennoch hat mich die Antwort getroffen und zwar mitten in meine Unwissenheit (dabei ist es einfache Mathematik) und irgendwie auch mitten ins Herz, denn es ist Kreta! - Kreta, eine Mini- Insel in der Ägäis! Ist das zu fassen? Natürlich gibt es auch kleinere Inseln, zum Beispiel *Cayo Espanto*. Noch nie gehört? – Keine Sorge, ich habe auch googlen müssen (googlen was für ein neumodernes, fragwürdiges Wort, was es in unseren Alltag geschafft hat - aber das ist ein anderes Thema). Wo war ich jetzt, oh ja: Kreta ist eine kleine Insel, die die gesamte Weltbevölkerung aufnehmen könnte (wenn jeder Mensch 1 m² zur Verfügung hätte). Dennoch scheint uns die Welt zu klein für uns alle zu sein. Warum?

Ich weiß die Zusammenhänge sind komplex, sehr komplex. So komplex, dass sie kompliziert werden. Wer soll das noch verstehen! - Google vielleicht? Den Unterschied zwischen komplex und kompliziert könnte man tatsächlich noch googlen...und dann weiß Google hoffentlich auch keine

Antwort mehr! Wäre ja schlimm, wenn Google unsere Zukunft bestimmt, nicht wahr?!

Ich bin gespannt welchen Wandel die Welt noch erleben wird, aber eins ist sicher - Wohnen ist ein teures Gut, hoffentlich fällt es nicht in die Hände des Bösen.

Ich wünschte, dass wir irgendwann nach einem Einkaufsbummel in einem Möbelfachgeschäft einen Hotdog essen, unseren Einkaufswagen voller Hoffnung betrachten und auf ein besseres Leben anstoßen dürfen...

Bisher haben wir immer noch kein Haus für unsere Familie und das Besteckkästchen gefunden...

BESTECKKÄSTCHEN

Meine Mama schenkte mir nämlich ein tolles Besteckkästchen zu meiner Hochzeit. Sie hatte es schon vor einiger Zeit gekauft und zurückbehalten bis zu diesem Zeitpunkt.

Während meines Studiums hatte ich ein Sammelsurium an Löffeln, Gabeln und Messern. Mir machte es auch gar nichts aus, denn ich war im Studium!

Das Studium war für mich wie ein Zwischenstopp auf einer Reise – dafür braucht man ja für gewöhnlich auch kein 5-Sterne Hotel.

Fakt ist jedoch, dass man das ganze Leben auf der Durchreise ist - muss es dann immer perfekt sein, frage ich mich?

Vielleicht braucht nicht jede Familie ein Eigenheim, um ein schönes Leben zu führen oder es ist noch nicht an der Zeit für das besondere Besteckkästchen, denn...

MESSER, SCHERE, FEUER
LICHT IST FÜR KLEINE
KINDER NICHT

Huh das Geschrei ist groß, wenn meine Kinder etwas verweigert bekommen, was sie unbedingt und unbedingt sofort und meist unbedingt lautstark haben wollen.

Es bricht mir das Herz, ihnen gerade das absolut Gewollte zu verwehren. Ich versuche es meistens zu erklären, leider entwickelt sich das etwas schwierig, wenn ihr Wortschatz sowie ihr Zeitgefühl noch defizitär sind. Worte wie: „zu gefährlich, könntest dich oder andere verletzen, noch nicht, wenn du älter bist" werden zur Kommunikationsfalle und steigern den Frust (auf beiden Seiten) sowie den Geräuschpegel ungemein. Die Situation wird noch schwieriger, wenn sie noch gar nicht sprechen, aber umso neugieriger sind.

Da hilft auch kein Reim!

An einem solchen Tag mit unerfüllten Wünschen, erkannte ich mich in meinen Kindern wieder. Ich, weinend, schreiend und/ oder (innerlich) stampfend, wenn mir ein Wunsch verwehrt bleibt. Meistens versteh ich nämlich nicht warum ich das eine oder andere nicht bekomme.

Plötzlich hatte ich keine Lust mehr zu stampfen und zu schreien, vielleicht war ich oder die Zeit noch nicht reif…oder es war einfach nicht gut für mich. Ich kann doch nicht alle Konsequenzen meiner Wünsche antizipieren!

Meine Kinder haben mir geholfen, könnte ich bloß auch ihnen helfen, aber sie werden wohl noch weiter schreien müssen, bis…ja bis sie ein Verständnis für sich und ihr

Umfeld weiterentwickelt haben. Hoffentlich brauchen sie nicht so lange wie ich…

Geduld ist eine Tugend…

EI, EI, EI...

Wo bleibt denn das Küken?

Eine Anekdote aus meiner Kindheit: Meine Schwester und ich waren immer gerne in der Türkei im Urlaub. Dieser eine Urlaub war der Schönste in meinem Leben, daher ist er mir bis heute in besonderer Erinnerung geblieben.

Leider kann ich mich nicht mehr daran erinnern, wie alt wir damals waren - Jahreszahlen sind für meine Erinnerung schon immer äußert irrelevant gewesen...so kann ich mich an Emotionen, Gerüche und Geräusche erinnern, aber nicht in welchem Jahr ich das ganze erlebt habe.
Was solls, denn für das Datum habe ich einen Kalender oder meinen Mann...
Nun ja, irgendwann in meiner Kindheit also, waren meine Schwester und ich für sechs Wochen in der Türkei, ohne elterliche Begleitung, aber dafür in der Obhut einer sehr großen, liebevollen und verantwortungsvollen Familie. Der Familie meiner Mama.

Es war wie im Bilderbuch:
Alle unverheirateten Geschwister meiner Mama lebten mit meiner Oma in einem riesigen Haus und einem dazugehörigen Hof mit Garten, Scheune, Brothaus sowie einem Werkzeughaus vor dem der alte, rote Traktor parkte. Meine Oma war eine klassische Bäuerin. Auf ihrem Hof hatte sie Kühe, Ziegen, Schafe, Hunde, Katzen, Hühner, Schildkröten und natürlich auch Schlangen, Skorpione und andere gebetene und ungebetene Kleintierarten.

Das Haus war direkt am Fuße der Berge. Es war ein lebendiges Haus und an den Wochenenden wurde es noch lebendiger, wenn die restlichen Geschwister meiner Mama mit Kindern zu Besuch kamen. An die Anzahl der Menschen kann ich mich natürlich nicht erinnern, aber sie waren herzlich, gesprächig und für alle Experimente offen, die uns so als deutsche Stadtmenschtouristen in den Sinn kamen. So konnte ein Ausflug auf das Baumwollfeld ein echtes Abenteuer werden.

Erstaunlich, dass das Haus nie zu voll, die Arbeit nie zu viel und die Nacht nie zu kurz war - wie hat das meine Oma bloß gemanagt? Mir ist eine Wohnung mit zwei Kindern manchmal schon zu anstrengend, je nachdem wie kurz die Nacht eben war. Meine Oma hat sich wahrscheinlich keine Gedanken um Zeitmanagement oder Management überhaupt gemacht. Sie war im Einklang mit der Natur und ihren Tieren. Außerdem waren die Bedürfnisse aller Wegbegleiter in ihrem Haus für sie keine Herausforderung, sondern natürlich und wertvoll für die Gesamtheit.
Während Manager im Einsatz ihrer Kräfte nach der Minimalen-Kosten-Kombination suchen, suchte meine Oma nach Synergien. (Den Vorteil einer Synergie haben Manager auch irgendwann kapiert, aber das ist ein anderes Thema!)

Eine Eigenschaft meiner Oma ist mir bis heute ein Vorbild: Ihre Geduld!

Meine Schwester und ich hatten gelernt, dass die Küken aus Eiern schlüpfen würden, nur hatten wir unzählige Eier, aber kein Küken weit und breit. Tag ein Tag aus wurden wir enttäuscht, also entschlossen wir das Schicksal der süßen Küken selbst in die Hand zu nehmen und klauten der Hennen die Eier und zerbrachen sie hinter einer Mauer, die ungefähr unsere Körpergröße hatte. Ein Ei nach dem anderen wurde hastig zerbrochen, um nur eine weitere Enttäuschung zu erleben.

Aus den unzähligen Eiern, die unsere Oma auf dem Markt verkaufen wollte, haben wir binnen kurzer Zeit einen Haufen unzähliger kaputter Eierschalen produziert. Wir wollten einfach nicht aufgeben, Küken mussten her, jetzt sofort! So mussten auch die Eier aus dem Kühlschrank dran glauben. Während meine Schwester Schmiere stand, schlich ich mich heimlich in die Küche, in der meine Tante völlig ahnungslos Geschirr abspülte. Sie stand mit dem Rücken zur Eingangstür und dem Kühlschrank - es war ein Leichtes die Eier zu klauen. Aber mehr als noch mehr flüssiges Ei war einfach nicht drin in diesen dämlichen Eiern.

Es kam, wie es kommen musste, irgendwann hat man uns vermisst und entdeckte uns hinter der Steinmauer. Womöglich haben uns unser Geflüster oder der Gestank kaputter Eier unter der Mittagssonne verraten.

Es knallte...! Und zwar heftig. Es knallten zwei Fronten aufeinander: Erfahrung vs. Naivität, Besonnenheit vs. Sonnenbrand, Geduld vs. Ungeduld, Erleichterung uns entdeckt zu haben vs. Peinlichkeit erwischt worden zu sein; nur der Verlust (Verlust an Eiern für Oma und Verlust an Hoffnung für uns) war beiden Fronten gemein!

Unsere Oma nahm uns in den Arm und erklärte, dass Eier die Liebe, Geborgenheit und Wärme ihrer Hennen-Mama brauchen, um zu schlüpfen - Geduld, betonte sie dabei sehr deutlich. Man muss stets geduldig sein, um etwas zu erreichen, etwas Neues zu erschaffen, etwas zu verändern oder auch um die Neugier der Enkelkinder zu ertragen und weglächeln zu können.

Man kann Dinge weder erzwingen noch verzögern, sagte sie; alles, einfach alles, kommt zu seiner Zeit.

In der Bibel gibt es viele Bibeltexte, die die Geduld erwähnen. Im Koran kommt das Wort Geduld unzählige Male vor. Unsere Oma und Mama erwähnten es womöglich 1000e mal in unserem Leben.

Egal wie oft Geduld gepredigt wird, sie gehört nicht zu unseren Stärken. Dabei bräuchten wir sie so dringend!

Eins habe ich aus dieser Kindheitserinnerung gelernt, ungeachtet der guten Absichten und der unermüdlichen Anstrengung:
Weiche und süße Küken schlüpfen nur, wenn ihre Hennen-Mama voller Wärme, Liebe und Geduld auf sie wartet bis ihre Zeit reif ist!

Neben Identitäten, Familie und Eigenheim ist die Berufswahl ein Thema, das mich stets beschäftigt hat. Alle relevanten Entscheidungen sollten auf begründeten Argumenten fundieren, ansonsten spielt man Russisch Roulette…

RUSSISCH ROULETTE

Russisch Roulette ist womöglich jedem ein Begriff. Alle die es zum ersten Mal lesen: Als Russisch Roulette wird ein Glücksspiel bezeichnet, das mit einem Revolver gespielt wird. Seine Kategorisierung als Glücksspiel ist, in Anbetracht der Spielregeln mehr als optimistisch, da die Gewinnprämie im Falle eines Treffers nichts Geringeres als der Tod ist. Die Trommel eines Revolvers wird mit nur einer Patrone geladen und gedreht. Anschließend halten die Spieler diesen Revolver an die Schläfe und betätigen den Abzug. Es ist pures Glück, ob man überlebt.

…Zu Leben ist immer pures Glück, die Geburt ein Wunder und das Erleben jeder Sekunde ist nicht weniger ein Geschenk wie das Erwischen einer leeren Trommel beim Russisch Roulette. Ich habe im Spiegel ein zartes Pochen an meinem Hals beobachtet und war absolut fasziniert, ein so fragiles, rhythmisches aber unermüdliches Pochen ist die Bedingung meines Lebens…

Russisch Roulette erinnert mich an meine Entscheidung für einen bestimmten Beruf. Die Berufswahl markiert stets einen Scheideweg im Lebenslauf. Die Entscheidung für einen Beruf bringt grundlegende und tiefgehende Veränderungen mit sich. Das Erlernen neuer Kompetenzen, Kennenlernen neuer Menschen, Ansammeln neuer Erfahrungen und gegebenenfalls sogar einen Umzug in eine neue Stadt.

Obgleich der Tod einen während der Ausübung seiner beruflichen Tätigkeit ereilen kann, hat die Berufswahl nicht per se eine tödliche Konsequenz. Allerdings musste ich feststellen, dass eine falsche Entscheidung Geist und Körper durchaus fürchterliches Leid zufügen kann. Die Patrone trifft nicht das Leben, aber sicher die Lebensfreude und das

Selbstwertgefühl, die ebenso fragil sind wie das Pochen der Hauptschlagader.

Eine individuell gut getroffene Berufswahl hingegen ermöglicht das Erwachen aus einem Dornröschenschlaf in der Gemeinschafts-Sporthalle der Schule…

Oft ist die Berufswahl keine bewusste und fundierte Entscheidung, sie wird maßgeblich von externen Faktoren beeinflusst:

Auf das uns der/ die Richtige küsst!

Beim ersten Versuch gelang es mir nicht die richtige Entscheidung zu treffen und so landete ich in einem Metapher-Salat…

0 8 / 1 5

In meinem Referendariat war kein Tag 08/15. Ein Referendar ist ein Meister in Lehre. Alte soll man ehren, Junge soll man lehren, Weise soll man fragen, Narren vertragen. Wer ist nur wer? Oh man, aller Anfang ist schwer! Aber es ist ja auch noch nie ein Meister vom Himmel gefallen. Also muss man sich reinknien, schließlich wissen wir - Übung macht den Meister.

Oft kämpfe ich allerdings gegen Windmühlen und der Stoff fliegt mir um die Ohren. Der perfekte Unterricht ist wie der Griff nach Sternen oder die Nadel im Heuhaufen. Wer hat die schon gefunden? Wo war der Hund nochmal begraben? Gesucht und Gefunden?! - Fehlanzeige!

Als Referendar heißt es: Eile mit Weile, denn der Teufel steckt im Detail. Schön ein Auge darauf werfen, manchmal muss man sich auch ein Bein ausreißen. Na dann, toi, toi, toi „Hals- und Beinbruch! Nicht auf den Bauch hören, denn es geht hier um Kopf und Kragen.

Du musst nicht alles aus dem Ärmel schütteln können, dennoch immer am Ball bleiben - Immer arbeiten als hülfe kein Beten und beten als hülfe kein Arbeiten – aber es beten nicht alle, die in die Kirche gehen; selbst, wenn alle Wege nach Rom führen, kann man sich nach Schema F verfahren und dann ist knapp daneben eben auch vorbei. Man sollte allerdings die Kirche im Dorf lassen und auch nicht Wasser predigen und Wein trinken.

Ja bin ich denn im falschen Film?!

Huh, jetzt hab` ich den Faden verloren, dabei habe ich mir nicht mal was hinter die Binde gekippt. Ich tappe im Dunkeln

- Wer nur bringt das Licht ins Dunkel? Ach es ist doch Hopfen und Malz verloren, denn wo das Auge nicht sehen will, helfen weder Licht noch Brill. Bin ich schon auf dem Holzweg oder kann ich noch auf den Trichter kommen?

Ah, was war das noch mal mit dem Pfeffer und dem Mond, egal…Ich schmeiße nun das Handtuch, denn lieber ein Ende mit Schrecken als ein Schrecken ohne Ende!

Das Fass ist übergelaufen, die Freude am Lernen und Lehren sind ein Tropfen auf dem heißen Stein. Genug ist genug!

Also: Ende gut, alles gut!

Anfang und Ende reichen sich die Hände, vor dem Spiel ist nach dem Spiel…

Was nun? Will mich jetzt nicht auf eine sofortige Entscheidung festnageln lassen, habe mir schließlich schon einmal die Finger verbrannt. Wer will da noch Öl ins Feuer gießen? Morgen ist schließlich auch noch ein Tag, auch wenn es heißt was du heute kannst besorgen, das verschiebe nicht auf morgen. Aber man sollte ja auch nicht alle Vorhaben übers Knie brechen. Wohlüberlegen ist die halbe Miete bei Lebensentscheidungen.

…ja das Referendariat war kein 08/15 Job, da wollte mir meine bisherige Vorstellung über meinen Wunschberuf ein X für ein U vormachen.

Ja ich hatte einen Fehler gemacht, so wie oft im Leben…

VERGISSMEINNICHT

(IM GEISTE)

Vergissmeinnicht sind kleine Blümchen, die vermutlich jeder Hobbygärtner kennt.
Im Blumen- und Gärtnerfachgeschäft wurde ich darüber aufgeklärt, dass Vergissmeinnicht Pflanzen sind, die einige Jahre alt werden können und jährlich (oder sogar häufiger) blühen und fruchten. Es sind wunderschöne Blumen, die wahrscheinlich Dank ihres Namens, gerne unter Verliebten und/oder bei Verabschiedungen verschenkt werden.

Ich habe letztens einen Fehler gemacht, keinen besonderen Fehler, aber einen Fehler, der mich zu einem Spaziergang bewegt hat, um meine Gedanken zu sortieren – raus aus dem Karussell. Das ist gar nicht so einfach: Je nachdem wie schnell sich das Gedanken-Karussell gedreht hat, fällt einem das schwindelfreie Denken ohne Abschweife etwas schwer – frische Luft tut definitiv gut.

Es ist schon erstaunlich wie unterschiedlich Menschen mit Fehlern umgehen, einige können recht schnell verzeihen, andere sind jahrelang nachtragend, einige sehen Fehler als eine Chance wieder andere sehen Fehler als unabdingbar für jeglichen Lernprozess bzw. Fortschritt etc.

Selbstverständlich entscheidet die Art des Fehlers über den Umgang mit diesem, aber ein wesentlicher Punkt ist doch die Persönlichkeit des Akteurs. Nicht zu unterschätzen ist jedoch der Umgang mit Fehlern aller Involvierten: Wird man bestraft oder verachtet, wenn man einen Fehler (an-)erkennt oder unterstützt und geschätzt?

Ich persönlich tue mir unheimlich schwer, meine Fehler zu verzeihen, aber bei meinem letzten Spaziergang an der frischen Luft, habe ich beschlossen meine Fehler umzubenennen, meine Fehler sind meine Vergissmeinnicht im Geiste, denn sie wollen nicht vergessen werden und begleiten mich lange, blühen immer wieder auf, dennoch sind sie wunderschön, denn ich versuche immer daraus zu lernen.

Wenn das gelingt, sind meine Vergissmeinnicht im Geiste nicht nur mehrmals erblüht, sondern haben gefruchtet.
Daher sollte es mich gar nicht mehr stören, wenn die Gedanken an meine Fehler immer wieder aufpoppen!

Und wenn sie mich doch stören: Ein Spaziergang an der frischen Luft hilft sicher, denn das Leben ist kein Karussell, warum sollten die Gedanken in einem festgekettet werden…

Nun, Fehler kann ich inzwischen akzeptieren, aber was sollte ich nach dem abgebrochenen Referendariat bloß lernen? Denn…

DAS HANDWERK STIRBT AUS!

Letztens war unsere Waschmaschine der Meinung sie dürfte auch mal streiken - die Wäscheberge sind eine absolute Katastrophe für mich als Frau mit zwei kleinen Kindern und einem Mann...Aber das dachte sich wohl auch meine Waschmaschine und warf schließlich das Handtuch. Ich muss zugeben, ich gönne ihr eine wohlverdiente Pause; schließlich entstehen vollkommen neue Solidaritäten von einer funktionierenden Instanz zur anderen im Haushalt...nun die Dame verabschiedete sich in ihren Urlaub und ließ mich mit den Handtüchern allein.

Übrigens „letztens" war vor 3 Wochen. Wir haben noch tatsächlich eine Rarität in unserem Dorf - einen Haushaltsgerätekundendienst für handwerkliche Dienstleistungen - Mega-Titel finde ich und fast genauso selten wie ein Adelstitel - und genau das ist das Problem mit Raritäten, man bekommt einfach keinen Termin mehr. Stattdessen, haben wir uns bei jedem Anruf das Leid am anderen Ende der Leitung angehört. Es hat sich schon angefühlt wie ein Song in der Warteschlange, den uns die Ehefrau des Haushaltsgerätekundendienstleistenden für handwerkliche Dienstleistungen immer und immer wieder vorgetragen hat; das ewige „diese jungen Leute wollen alle einen Job im Büro, das Handwerk will keiner mehr erlernen, wir bekommen keine Auszubildenen, alles muss mein 65 Jahre alter Mann alleine stemmen..."

Als der Herr endlich bei uns vorstellig wurde, bekamen wir den Song als exklusives Live-Konzert vorgetragen - eine absolute Ehre für uns. Schließlich gelang es ihm mit seiner jaaaaaaaahrelangen Erfahrung unsere Dame aus dem Urlaub zurück zu holen.

Puh, endlich geschafft…dachten wir zumindest bis der Sturmhagel durch unser Dorf wütete und nahezu 45% aller Rollladensysteme im Dorf zerstörte - also ging die Suche nach dem nächsten Fossil des Kundendienstes für handwerkliche Dienstleistungen los - und schon wieder klagte die Ehefrau am Telefon, dass der arme Ehemann keine Termine mehr anbieten könne. Sie klang so verzweifelt, genauso wie wir. Was ist bloß los?

Es ist also wahr: Das Handwerk stirbt aus! Das Problem an diesem Kreislauf ist, dass wir nahezu nichts mehr hinkriegen ohne externe Hilfe. Unsere Großväter und Väter konnten schon mehr im Haushalt, Garten und an Autos…in unserer ersten eigenen Wohnung fühlten wir uns bereits beim ersten Versuch, einen Nagel in die Wand zu schlagen, latent überfordert.

Ich sehe auch gar keine Schmiede mehr - das ist ein echt sehr antiquiertes Handwerk. Na, wie soll man da noch glücklich werden! Ja, auch hier erhoffen wir uns Glück, das uns extern zu Verfügung gestellt wird. Es will sich eben niemand mehr die Hände schmutzig machen – so streben wir nach so vielen „Likes" wie es geht, und zwar online wie offline. Dabei sollten wir zumindest dieses Handwerk möglichst bald (wieder-) erlernen. Nur, wo und wie erlernt man eine fast ausgestorbene Tätigkeit…

Eine erste Anlaufstelle sind tatsächlich unsere Eltern - meine Mama zum Beispiel hat sich mit dem zu Frieden gegeben was sie hatte, und zwar wortwörtlich: Mit dem was sie hatte, war sie zu Frieden. „Zu Frieden" klingt irgendwie unzufriedenstellend – kann es wirklich mit 1000 Likes mithalten? „Zu Frieden" scheint auch nicht besonders erstrebenswert, weil es einfach nicht nach Feuerwerk klingt (Bedenke: das ist eh bald verboten!) Ja, aber für sie ist

Zufriedenheit zufriedenstellend und absolut erstrebenswert! Das Geheimnis mit der Zufriedenheit ist für sie ziemlich simpel, zum einen sich auf sich, seine Fähigkeiten und Gegebenheiten zu konzentrieren und nicht zu vergleichen - nicht mit der Nachbarin und schon gar nicht mit irgendeiner ungreifbaren, sozialen Community. Zum anderen sollte man, ihrer Meinung nach, nicht immer nach mehr streben, weil man glaubt, dann auch mehr Glück geschenkt zu bekommen. Geschenkt kriegt man Glück sowieso nicht!

Außerdem ist Zufriedenheit beständiger und durchaus erstrebenswerter als die sich rasant wechselnden und hochausschlagenden Amplituden von tiefen Downs und absoluten Ups, die unsere heutige Gesellschaft trägt. Wer möchte schon mit einem Schiffchen auf die raue See hinaus.

Manchmal glaubt man, dass die exklusive Gesellschaft ein exklusives Recht auf Glück hat, aber das hat sie nicht. Sie werden sowohl von der Gefahr des Vergleichens und der unbegründeten Vorstellung bedroht, dass Mehr mehr sei!

Das alle Menschen auf dieser Welt genauso hart für ihr GlücksEMPFINDEN arbeiten müssen wie ich, ist eine äußerst beruhigende Erkenntnis.

Also Ärmel hoch und ran an die Arbeit.

Wir können ja damit anfangen, einen Nagel in die Wand zu schlagen und zwar ganz alleine und einfach glücklich und stolz darauf sein, wenn es gelingt - Ohne Applaus dafür zu verlangen! Denn das kann ja wohl jeder, sagt zumindest mein Papa, tststs…

Ich hatte einen Nagel in der Wand, aber immer noch keine berufliche Perspektive…

HAND IN HAND

Nein, ich bin nicht frisch verliebt. (Auch wenn das Gefühl doch etwas für sich hat, nicht wahr?!)

Tatsächlich, werde ich von einem anderen Gefühl geplagt, das nicht so charmant ist:

ANGST

Blanke Angst in Anbetracht unterschiedlicher Kontexte: Corona, Klima, Technik, Überwachung, Rohstoffknappheit, Arbeitslosigkeit...aber auch in alltäglicheren, mikrokosmischen Situationen kommt plötzlich das Gefühl der Angst hoch.

Ich habe zwei gute Freunde, die sich natürlich sehr unterscheiden in vielerlei Hinsicht - und selbstverständlich unterscheiden sie sich auch in ihrem Angstempfinden. Letztens kamen sie mir Hand in Hand entgegen und ich dachte mir: „Siehe da, tatsächlich, Angst und Mut gehen Hand in Hand"

Angst und Mut

Angst kann Mut hervorbringen, Mut hingegen bedingt Angst. Wenn ich keine Angst gespürt habe, dann bin ich auch nicht mutig gewesen!

Ist Mut das einzige Mittel, Angst zu überwinden? Wenn ja, wie gelingt Mut?

In der heutigen Zeit gibt es unzählige Therapiemethoden - Tatsächlich sind Themen in Verbindung mit Angst weit verbreitet. Zu einem so diversen Thema kann und darf es doch nicht nur ein Mittel geben.

Ich weiß es leider nicht, aber es ist schön zu wissen, dass dieses eine Mittel Mut ein Gefühl ist, das ebenso wie Angst etwas Menschliches und Angeborenes ist. Somit ist es eine Ressource, auf die ich zurückgreifen dürfte.

Wahrscheinlich hat sich in mir einfach das Gleichgewicht im Laufe meiner Erfahrungen verschoben. Es ist sicher nicht so, dass Mut der Angst Platz gemacht hat, vielmehr hat die Neugier im Laufe der Jahre abgenommen. Denn ist es nicht so? Die Neugier ist die Karotte für den Mut! Nur mit der Neugier auf neue Erfahrungen sowie neue Herausforderungen läuft man voller Mut der Angst davon. Eventuell ist sogar eine Vorfreude vorhanden, aber das wäre schon der Kurs für Fortgeschrittene.

Ergo scheint Neugier das eine Mittel gegen die Angst zu sein.

Dieser Gedanke hilft mir tatsächlich weiter. Bei der Frage, wie es mir gelingen würde, mutiger zu sein, war ich oft ratlos. Die Neugier zu wecken, scheint mir doch etwas händelbarer zu sein. Einfache W- Fragen haben wir schließlich schon früh internalisiert. Viele Eltern sind wahrscheinlich gefoltert worden mit W-Fragen ihrer Kinder ebenso wie viele Schüler geplagt worden sind mit jahrelangen nervigen W-Fragen ihrer Lehrer.

Vielleicht habe ich einfach keine Lust mehr auf Neugier gehabt, weil ich zulange genervt worden bin, oder weil mir das World Wide Web zu schnell eine Antwort ausspuckt, so dass keine Zeit mehr für das Neugierig-Sein übrig ist. Überhaupt nielliert das Internet und die Sozialen Medien jegliche Neugier und Besonderheit.

Zu meiner Zeit war der Junge mit der Gitarre der Hit am Lagerfeuer und der Mädchenschwarm der Stufe - zumindest für den Abend. Heute kann gefühlt die ganze Nation singen und außerdem noch kochen, zeichnen, schminken, handwerkeln, tanzen…Alle können alles und im schlimmsten Fall sehen alle noch toll dabei aus…da fehlt einem oft die Neugier etwas auszuprobieren - weil es nichts Besonderes mehr ist und auch der Mut, weil alle besser zu sein scheinen als man selbst. Tja, und das macht Angst! Die Angst vor der Bedeutungslosigkeit oder dem Versagen.

Aber ich bin ein romantischer Mensch und ich glaube daran, dass der Mut die Hand nie losgelassen hat - ich sollte einfach mal wagen über die Schulter zu schauen!

Ich schaute über die Schulter und entdeckte die Hypnosetherapie für mich. Ich bin begeistert…

SELBSTHYPNOSE! KANN DAS FUNKTIONIEREN ODER IST ES SO, ALS OB ICH MICH SELBST KITZELN MÖCHTE?

Mal einen Schritt zurück, zurück zur Hypnose!

Hypnose ist inzwischen eine anerkannte Therapieform, die mich äußerst fasziniert. Sprache ist bekanntlich das Tor zur Welt, die Hypnose hingegen ist das Tor zum Unterbewusstsein - sie arbeitet ausschließlich mit der Sprache und eröffnet eine ganz andere Welt – die Welt unseres Seins.

In der heutigen Zeit, sind Coaches gerngesehen – in Unternehmen sowie bei Privatpersonen werden Coaches natürlich um Rat gefragt, und zwar ohne vorgehaltene Hand. *Chakka du schaffst das!* ist ein Motto, das uns allen irgendwo begegnet ist – spätestens als Obama seine ganze Wahlkampagne auf „Yes, we can!" aufbaute.

Es ist sicherlich keine neue Erkenntnis, denn selbst meine Ur-Oma pflegte zu sagen „Glaube versetzt Berge – Kind, du musst nur daran glauben, dann kannst du alles schaffen!"

Viele Menschen haben also hier und da gesagt bekommen, dass sie ihr Leben ändern können, sobald sie bereit sind, an etwas zu glauben.

Man muss sich also nur seine Stärken und Ziele bewusst machen, oder?! Eigentlich ja, allerdings funkt uns das Unterbewusstsein immer wieder dazwischen. Bewusstmachen ohne die Integration des Unterbewusstseins ist eine wacklige Angelegenheit, denn unser Sein ist schließlich die Summe aus Bewusstsein und

Unterbewusstsein. Es hinkt eben, wenn es auf einem Bein laufen muss.

Der Glaube ist vermutlich zur Hälfte im Unterbewusstsein verankert (ich behaupte, sogar mehr - aber wie kann ich das wissenschaftlich messen oder belegen?! - es ist eben nur ein Bauchgefühl!)

Da haben wir es! Das Bauchgefühl und/ oder das Unterbewusstsein übernehmen subtil unsere Navigation bei all unseren Entscheidungen, die scheinbar bewusst getroffen wurden. Obgleich es eine so wesentliche Rolle innehat, speichern wir einfach ungefiltert, unreflektiert und völlig unkontrolliert all unsere Erfahrungen im Unterbewusstsein ab und wundern uns dann, warum wir immer wieder dieselben Fehler machen.

Die Hypnose ist eine Methode das Unterbewusstsein anzurufen und mit ihr in einen Dialog zu treten. Im Rahmen einer Hypnose ist die Chance gegeben indirekte Erfahrungswerte zu bearbeiten und verarbeiten.
Klingt das nicht verführerisch charmant?!

Während einer Hypnose hat also der Hypnotisand eventuell die einmalige Gelegenheit, sich vollkommen kennenzulernen.

Irgendwie schließt sich für mich hier der Kreis: Im Unterbewusstsein wird schließlich der Glaube an etwas verankert für das sich das Bewusstsein nun bewusst entscheiden kann.

Hypnose ist wie der unsichtbare Schwimmflügel beim Wunsch, endlich frei zu schwimmen…

Mein Ausbilder zum Hypnosecoach meinte während einer Sitzung: „Jede Hypnose ist am Ende eine Selbsthypnose!" - interessant! Ich habe alles in meiner Hand!

Also doch: Chakka! Aber diesmal mit ganzheitlicher Überzeugung - ich ziehe das Unterbewusstsein nämlich auf meine Seite - plötzlich kann es nicht mehr dazwischenfunken.

Einer unserer nächsten Sitzungen beinhaltet „Selbsthypnose" als eigenständiges Thema, ergo lerne ich ein Instrument zur Selbsttherapie kennen. Ich bin gespannt wie es funktioniert, oder ob es überhaupt funktioniert? Das erfahre ich aber bald...

Ich hoffe sehr, dass ich herzlich drauf loslachen kann!

Ich habe echt ein gutes Gefühl bei dieser Ausbildung...

ECHTE UND UNECHTE
GEFÜHLE

Seit Donald Trump ist „fake" ein unsagbares Wort geworden, aber damit muss die Menschheit jetzt umgehen können. Hier geht es nicht um News, sondern lediglich um Gefühle. Allerdings haben sie eine ebenso große Macht auf unsere Lebenswelt.

Echte Gefühle sind für mich begründete Gefühle, sowie Trauer aufgrund eines echten Verlustes oder Freude aufgrund eines echten Erfolgs. Unechte Gefühle, man ahnt es schon, sind Gefühle, die noch unbegründet sind, weil das passende Ereignis in der Zukunft liegt, wie Nervosität, Angst oder Vorfreude.

Seltsamerweise entscheiden wir oft auf Grundlage unechter Gefühle, denn die Zukunft ist eben noch nicht in Fakten gegossen worden.

Man hat immer die Wahl zwischen positiven und negativen unechten Gefühlen, wenn man einem Scheideweg steht.

Nachdem mir das bewusst wurde, habe ich eine Entscheidung getroffen, nämlich alle zukünftigen Ereignisse mit einer Vorfreude und Neugier zu begegnen und dann kann ich nur noch hoffen und beten, dass die Zukunft great news für mich bereithält.

Und just in diesem Moment verspüre ich eine gewisse Vorfreude...fake or not!

Eine große Vorfreude verspürte ich auch stets vor meinem Step-Kurs bei meiner Lieblingstrainerin...

1 , 2 , 3 , 4

Basic, Mambo, Stopp, Repeater, Box, Kick for Change, Side to Side – wer irgendwas mit diesen Begriffen anfangen kann, hat schon mal einen Step-Kurs im Fitness-Studio besucht.

Ich vermisse meinen Step-Kurs sehr im Moment. Zunächst war ich aufgrund meiner Schwangerschaft und der ersten Monate als frische Mama daran gehindert, ins Studio zu gehen. Gerade als ich in den Startlöschern stand und darauf lauschte das „los" zu hören, dröhnte das Wort „Corona" durch die Lautsprecher…

Heute denke ich gerne an die Zeit zurück.

Ich hatte Freunde gewonnen, obwohl sie mich nicht zu Hause besuchten; unsere Treffen beschränkten sich auf den gemeinsamen Step-Kurs – was sich wie Familie anfühlte. Man kannte die Besonderheiten der Personen (Frisur, Art sich zu bewegen, Lieblingsgetränk, Lieblingsfarbe, Lieblingsmusik, Lieblingsplatz…) und jeder neue Teilnehmer fiel sofort auf. Rückblickend finde ich es erstaunlich, wieviel Austausch in die Trinkpausen und Co. passte. Man wusste tatsächlich viel voneinander, manchmal kannte man den Namen nicht, aber alles andere was diese Person bewegte…auch außerhalb des Kurses.

Insbesondere die Finale fehlen mir sehr. Man hatte gemeinsam darauf hingearbeitet, Stück für Stück eine Choreographie aufgebaut und sich eventuell geholfen, Denkfehler bei der Schrittabfolge zu lösen.

Es war immer ein besonderer Moment, in dem der Körper sich von alleine zu bewegen schien…Man spürte die Bewegung und die Musik ohnehin mehr als den eigenen

Körper. Auch innerhalb der Gruppe ist eine wunderbare Stimmung und Verbundenheit entstanden. Man war im Einklang der Synchronität (naja zumindest größtenteils). Es wurde nicht mehr gesprochen und man ließ sich nur noch tragen von einer gemeinsamen schönen Emotion und der Musik.

Freundschaften brauchen manchmal Jahrzehnte, um gemeinsam schweigen zu können und dennoch im Einklang zu sein - unserem Step-Kurs gelang das jede Woche aufs Neue innerhalb von 60 Minuten.

Danke an unsere Trainerin!

Hoffentlich bis bald - sonst schleichen wir uns über ein Side to Side an und geben dem blöden Corona ein Kick for Change in den Allerwertesten, damit er sich auch mal bewegt und wir zurückkommen zu unserem Basic um ein Repeater für all die schönen Finale einbauen zu können...

Sport und Ernährung sind wichtige Standbeine einer gesunden Gesellschaft, für manch einen sind sie zu einer Religion geworden...

SECHSTE WELTRELIGION

Der liebe Gott musste weder einen neuen Propheten noch weitere Offenbarungen bemühen, seine Worte sind ja bekanntlich abgeschlossen; der Mensch wurde selbst schöpferisch und erschuf aus dem Alltäglichsten der Welt eine neuzeitliche, sechste Weltreligion „Ernährung".

Gespräche zwischen Menschen, die sich unterschiedlich ernähren, können anstrengend für beide Seiten werden. Ernährung ist einfach längst nicht mehr auf Nahrungsaufnahme zu reduzieren. Sie spaltet die Gesellschaft - ach ja bei Alkohol verhält es sich übrigens ähnlich!

Es gibt sogar eine eigene Dating-Plattform für Veganer und Vegetarier - Mischehen sind in der neuen Gesellschaft wohl auch nicht so gern gesehen. Liebe geht ja bekanntlich durch den Magen: Eine Dating-Plattform, bei der eine gemeinsame Ernährungsart die Grundvoraussetzung für jeden Match ist, ist daher durchaus legitim.

Für mich ist es äußerst irritierend, nicht mehr eine Einladung aussprechen zu können, ohne vorab zu fragen, wer sich derzeit wie ernährt. Das ist allerdings nebensächlich und durchaus händelbar. Was mich wirklich bewegt ist, dass wir mit dieser sechsten Weltreligion neue Kreuzzüge und Kriege ausfechten. Brauchen wir wirklich noch ein Thema, dass die Macht hat, Menschen weiter zu trennen? Früher vermochte ein gemeinsames Essen, Menschen zu vereinen, sie förmlich an einen Tisch zu bringen. Es wäre doch schade, wenn wir uns jetzt auch noch diese Instanz nehmen.

Ernährung hat definitiv eine Wirkung auf unseren Organismus, aber wir dürfen nicht zulassen, dass es eine Wirkung auf unseren Organismus als Gesellschaft hat.

Meine Mutter pflegt zu sagen: „Alles in Maßen." Das ist doch das Beste, oder?! Und Jedem bitte das Seine!

Ich denke bei einer gemeinsamen leckeren Tasse Kaffee - gerne auch mit Hafermilch, Kokosmilch, Mandelmilch, Reismilch oder einfach nur schwarz - lässt es sich bestimmt gut über Gemeinsamkeiten sinnieren. Es ist wertvoller, Schnittmengen zu erschaffen, anstatt eigene Kreise zu zeichnen. Wenn es schon Kreise sein müssen, dann bitte im Sinne von Pierre de Coubertin und nicht wie Archimedes.

Archimedes rief „stört meine Kreise nicht!"

Pierre de Coubertin kreierte die Olympische Ringe, die den Zusammenhalt der Kontinente symbolisieren.

Ich würde gerne Freunde zum Essen einladen, sobald Corona es wieder zulässt. Gott sei Dank, darf ich meine Schwester weiterhin sehen, das ist sehr viel Wert...

GOLDWERT

Eine Schwester zu haben ist schon schön, eine liebevolle Schwester zu haben ist schöner, aber eine liebevolle Zwillingsschwester zu haben, ist Goldwert. Der aktuelle Goldwert in Euro liegt übrigens bei 1.555,20 (Stand 09.06.2021,13:27 Uhr) - ich bin kein Börsenexperte, aber das klingt doch gar nicht so schlecht. Zu Krisenzeiten sind Edelmetalle und Rohstoffe wahrscheinlich für viele Börsianer eine sichere, stabile und gute Investition; so wie eine (Zwillings-) Schwester. An Tagen der Krise steigt ihr Wert und meine Wertschätzung für sie. Ich bin einfach froh, sie zu haben und dankbar, dass ein solcher Besitz nicht gehandelt, verhandelt oder erworben werden muss, sondern ein Geschenk ist - Mein erstes Geburtstagsgeschenk, was neben mir in die Wiege gelegt wurde.

Es gibt viele Theorien über Zwillinge, einige stimmen andere nicht. Wahr ist sicherlich, dass man eigentlich zwei Leben parallel führt. Wahrscheinlich verlaufen viele Lebensläufe von Zwillingen ähnlich, um (unterbewusst) die Anstrengung so gering wie möglich zu halten. Andere Menschen sind ja schon mit einem Leben überfordert. Dafür teilen sich Zwillinge ihre Rollen oft auf, Arbeitsteilung für das gemeinsame Leben bewährt sich - was der Industrialisierung geholfen hat, kann einer Zweimanngesellschaft nicht schaden. Außerdem kommt man sich so nicht in die Quere. Ein Phänomen was ich bei uns (man spricht übrigens oft in wir - Form) festgestellt habe, ist, dass sich die Selbstwahrnehmung an dem anderen orientiert. Meine Schwester hat beispielsweise ständig das Gefühl abnehmen zu müssen, weil ich so ca. 2 Kleidergrößen schwerer bin (Zweieiige Zwillinge). Ich allerdings, bin vollends mit mir zufrieden und leiste höchste Überzeugungsarbeit, dass sie bildhübsch ist. Bis ich verstanden habe, dass Worte nichts anrichten können, wenn ihr Spiegelbild ihr etwas anderes sagt, nämlich paradoxerweise ich. All die Jahre war ich wohl nur deswegen so glücklich und zufrieden, weil ich essen konnte was ich wollte, aber mein Spiegelbild immer schlank war. Uups, sorry Schwesterherz - Aber diesmal werde ich Worten keine Taten folgen lassen.

Ein Tipp an die Männer und Freunde, die Zwillinge kennenlernen: Als Zwilling lässt man nur Menschen ins Leben, wenn dieser bereit ist, sich nicht zwischendrein, sondern auf die andere Seite zu stellen.

Für alle Einlinge: Man kann sich leider keinen Zwilling backen, aber versuchen einander zu verstehen, Empathie zu haben, bereitwillig seine Zeit und Geduld zu opfern. Dann findet man sicher eine Zwillingsschwester im Partner, in den Freunden und Bekannten.

Glaubt mir, diese Investition lohnt sich wirklich und ihr seid gewappnet für die (hoffentlich nicht, aber vielleicht doch) nächste Krise!

Ach ja, gestern ist meine Schwester gestürzt und ich habe immer noch so fürchterliche Schmerzen!

Gute Lebensbegleiter, Partner, Freunde, Geschwister, halten
dir immer den Spiegel vor…

SPIEGLEIN SPIEGLEIN...

Ich habe eine Freundin, die ich unter der Kategorie „wunderschön" zusammenfassen würde. Manchmal bedient man sich der Floskel „Ich habe ein/e Freund/in..." und meint doch sich selbst. Diesmal leider nicht, obwohl ich behaupten würde, dass ich durchaus ansehnlich bin, also man kann mich ansehen...somit ist jeder Mensch ansehnlich und ich wieder nichts Besonderes, aber meine Freundin ist unwiderstehlich ansehnlich - ergo, die muss man gesehen haben!

So, ich glaube, jetzt hat jeder ein Bild vor seinem geistigen Auge. Jeder hat ein eigenes Bild von meiner Freundin (oh und ich werde im Laufe des Textes nicht verraten wie sie wirklich aussieht): blond, brünette, dunkel, europäisch, asiatisch, afrikanisch, groß, klein, schlank usw.

Alle diese Frauen sind für euch, für den Betrachter, anbetungswürdig. Aber sind sie auch beneidenswert? Ich habe so häufig beobachtet, dass sie es nicht sind und doch werden sie beneidet.
Es ist nichts Neues:

- Hübsche Frauen werden häufig nicht angesprochen.
- Hübsche Frauen werden oft auf ihr Äußeres reduziert und man unterstellt ihnen Dummheit, Arroganz oder Ähnliches.
- Hübsche Frauen werden von anderen Frauen vielmehr als Konkurrenz wahrgenommen - echt seltsam, dass wir die Märchen unserer Kindheit einfach niemals abschütteln können. Die böse Stiefmutter kann im realen Leben zum Beispiel die Schwiegermutter, die Chefin, die

Nachbarin oder die Kollegin sein - völlig egal, denn sie alle haben ein Spieglein an der Wand.

All das kann dazu führen, dass hübsche Frauen Mobbingopfer, einsam, unglücklich, erfolglos etc. sind.

Während alle Gesundheit, ein durchschnittliches Aussehen oder Einkommen als eine Prüfung erachten, sehe ich die Welt inzwischen mit anderen Augen. Ist nicht alles Segen und Fluch zugleich! Wir wissen, dass jede Medaille zwei Seiten hat, aber bei Aussehen und Geld, da hört die Freundschaft auf! Wir sollten uns bewusst machen, dass jeder privilegierte Mensch eben auch nur ein Mensch ist und wir alle füreinander eine Verantwortung tragen, und zwar auf allen Ebenen. Reiche Menschen und reiche Länder tragen durchaus eine Verantwortung für ärmere Menschen und Länder. Wenn das Ziel des Reichtums erreicht ist, ist es nicht das Ende der Fahnenstange, dann geht die Prüfung des Lebens erst richtig los. Jeder der Verantwortung getragen hat, weiß, dass es nicht leicht ist, passende Entscheidungen zu treffen.

Schöne Menschen verdienen Gleichberechtigung, denn sie sind nur Menschen mit einem schönen Adjektiv als Anhängsel. Im Umkehrschluss haben sie die Pflicht mit ihrem Aussehen verantwortungsbewusst umzugehen – zwei Seiten einer Medaille! Ich weiß nicht, ob ich lieber meine Freundin wäre oder doch lieber ich selbst - Ach, ist doch gehüpft wie gesprungen! Also ich denke, wir sollten alle unsere Ziele überdenken, verantwortungsbewusst damit umgehen und alle Spieglein einfach abhängen. Unsere Betrachter reichen doch vollkommen!

Streben nach Schönheit sollte sowie so nicht das oberste Ziel im Leben eines jungen Menschen sein, man lebt doch nur einmal…

JOJO BABY YOLO ...

In meiner Zeit als Pädagogin, schmissen sich meine 5-Klässler sowie alle anderen Klassenstufen diese schrecklichen Abkürzungen gefühlt im Sekundentakt zu. Es hatte angefangen, mich derart zu nerven, dass ich mich bei einer Pausenaufschnitt über alle Abkürzungen aufklären ließ. Ich bemerkte recht schnell, dass Yolo nicht nur zur Aufklärung meiner Person diente. Sie fungierte auch gerne als prägnante und effektive Aufklärung meiner Schüler, insbesondere der sexuellen. „You only live ones" suggeriert abgekürzt, dass man viel zu früh sterben könnte, um Erfahrungen zu machen.

Leider sind es oft die Dinge, die sich hinterher als Fehler herausstellen. Jugendliche und junggebliebene Erwachsene haben oft Angst, was zu verpassen, außer den Bus zur Schule oder Ähnlichem natürlich. So kommt es nicht selten vor, dass in der Hektik – also bevor der plötzliche Tod eintritt, falsche Entscheidungen getroffen werden. Eile ist allerdings noch nie ein guter Ratgeber gewesen.

„Jojo Baby, Yolo"

Alle (schlechten) Entscheidungen haben eine **KO**nsequenz. Man kann sie sofort spüren und geht in der ersten Runde **KO** oder darf noch einige Runden drehen bis es soweit ist. Der Zeitpunkt ist vage, aber die Konsequenzen meiner Handlungen kommen zurück, das ist sicher - wie ein Boomerang!

Na, dann sollte man doch aufpassen was man so losschickt in die Zukunft, die dich dann eventuell demnächst unerwartet am Kopf trifft - und zwar mit doppelter Wucht - JoJo mal anders!

Der Spruch ist gar nicht verkehrt, man hat de facto nur das eine Leben, aber eben auch nur einmal die Gelegenheit, die besonnene Entscheidungen zu treffen.

Fehler sind unvermeidlich und an vielen Stellen auch nützlich, nur leichtsinnig und naiv sollten sie im besten Fall nicht begangen werden.

Also bitte darauf achten, was man säht, damit man in Zukunft auch weiterhin lolo darf.

Jetzt aber Schluss mit Abkürzung, und zwar asap!

Ja, ja, wir leben nur einmal und meistens vergeht die Zeit zu
schnell…

WIE IM FLUG

„Es verging wie im Flug!" Ja, so berichten viele Menschen über ein schönes Erlebnis: den Urlaub, die Hochzeitsfeier, die Kindheit ihrer Kinder…Unschöne Momente hingegen werden immer als sehr lang andauernd empfunden. Das ist nichts Neues: Relativitätstheorie eben…Es kam mir erneut in den Sinn als mein Sohn, damals noch 4 Jahre alt, und ich abends vor dem Schlafen gehen, nochmal den Tag haben Review passieren lassen, so wie jeden Abend:

Ich fragte ihn, wie ihm der Tag gefallen hatte und er antwortete ziemlich traurig, dass er einen tollen Tag erlebt hatte. Ich konnte seine Emotion nicht verstehen und fragte nochmal nach. Er sagte, er sei traurig, weil ein sooo schöner Tag zu Ende gehen musste. Diese Antwort war mehr als nur verständlich, er hatte die Relativitätstheorie kennengelernt. Die beste Antwort ist, dieses Gefühl mit seinen eigenen Waffen zu schlagen. Also erklärte ich, dass er nicht traurig sein muss, wenn schöne Erlebnisse zu Ende gehen. Er kann immer sicher sein, dass weniger schöne Erlebnisse auch zu Ende gehen müssen. Das dürfte uns doch erleichtern, sagte ich. Ich hatte ihn nicht darüber aufgeklärt, dass diese meist als unendlich lang empfunden werden. Stattdessen sagte ich ihm. „Wann immer du genervt bist, weil etwas zu schnell oder zu langsam geht, streck einfach mal deine Zunge aus. Dann wirst du sicher lachen müssen."

Ich denke, Albert hat uns genau das damit sagen wollen!

Ich strecke insbesondere der Corona-Zeit die Zunge aus und wünsche mir schon, dass diese Zeit wie im Flug vergehen würde…

CORONA

Was hat Corona mit mir gemacht? Eine Frage, die gerade viele Menschen umtreibt - Ich habe lange überlegt, habe Ergebnisse korrigiert oder gar komplett umgeworfen. Heute, komme ich zu einem eindeutigen Ergebnis: Corona, oder besser gesagt, die Corona Maßnahmen, haben nicht viel in meinem Leben geändert!

Verdient die obige Überschrift überhaupt eine herausragende Markierung.

Ertappt! Du denkst gerade: „Die Glückliche!" Ist es nicht so?

Nein oder doch?!

Bisher weiß ich noch gar nicht, wie ich diese Aussage bewerten soll. Vielleicht weiß ich es am Ende dieses Textes.

Ich habe tatsächlich schon vor der Pandemie annährend so gelebt, wie es die Bundesregierung, teilweise unter Tränen, vom Rest der Bevölkerung erbittet. Warum sind Menschen so erschüttert und traurig, wenn sie so leben müssen wie ich?

Mein Kontakt, außerhalb der Kernfamilie, ist meine Schwester. Was fehlt mir also speziell in der Pandemie: der Sport, das Shoppen und der Restaurantbesuch!

Zum ersten Punkt muss ich sagen, dass es mir nach 9 Monaten gelungen ist, auch zuhause sportlich aktiv zu sein.

Shoppen geht auch online und ist zum Teil eh überflüssig, wenn keine Restaurantbesuche und Fitnessstudios geöffnet haben.

So, jetzt bin ich schon beim letzten Punkt angekommen: Der geliebte Restaurantbesuch. Nun, ich habe schon immer gerne gekocht, jetzt kann ich es sogar richtig gut.

Wenn ich ehrlich bin, habe ich einige Maßnahmen sogar sehr genossen. Überfüllte Orte sind endlich Geschichte – Wer mochte schon überfüllte Freibäder, wo Schwimmen fehlplatziert wirkte. Wer mochte schon Restaurantbesuche, wo die Gespräche vom Nachbartisch die Hintergrundmusik ersetzten…

Ich muss zugeben, es fällt mir leichter durch die Pandemie zu kommen. Endlich habe ich mich sogar mehr als ein Teil der Gesellschaft als ein Alien gefühlt.

Dank Corona musste ich mich nicht mehr anpassen, durfte es sogar gar nicht. Das war eine großartige Erleichterung. Auch wenn es mich so verwirrt hat, dass meine Art zu leben gesellschaftlich gefürchtet oder als nicht lebenswert erachtet wird. Menschen gehen sogar auf die Straße und ein Impfstoff muss dringend her. Die Ablehnung wurde auf ein anderes Level gehoben, es wurde amtlich!

Die Erleichterung machte also schnell Platz für gesellschaftlich, gemeinschaftlich bestärkte Selbstzweifel.

Auch wenn Corona vorbei ist, werde ich so weiterleben wie bisher. Gegen meine Lebensweise forscht nämlich kein Labor nach einem Impfstoff.

Das Leben hatte eigene Pläne, meine Wünsche und Träume waren für die Berechnung meiner bisherigen Lebensroute völlig irrelevant: So sind geliebte Menschen weggezogen, haben sich entfremdet oder sind verstorben. Das Tempo der modernen Welt nahm mir jegliche Chance auf einen neuen Anschluss. Alle sind irrsinnig beschäftigt, haben zu viele interessante Hobbies, und Accounts in den Sozialen Medien, die gefüttert werden müssen...

Und dann kam CORONA!

Jetzt hatten alle plötzlich wieder Zeit und siehe da, einige Bekanntschaften und Freundschaften aus der Vergangenheit konnte ich aufblühen lassen. Obgleich ironisch, ist mein Bekanntenkreis in der Zeit der Pandemie gewachsen. Menschen waren endlich wieder in der Lage zu hören, Dank der neugewonnenen Stille.

Ich möchte die Erkrankung keinesfalls kleinreden, aber tut es nicht allen gut sich und andere zu hören, ganz zu schweigen von dem Zusammengehörigkeitsgefühl. Vor der Pandemie habe ich mich manchmal einsam oder zumindest außergewöhnlich gefühlt. Jetzt war ich ein Teil von nichts Geringerem als der gaaanzen Welt. Die Welt, die so gespalten war, könnte auch davon profitieren, wenn sie nur wollte.

Stattdessen scheint sie geradezu daran zu zerbrechen. Die Nerven liegen blank und das Brodelnde wird hochgekocht: Der Kongress der USA wurde gestürmt, Hass-Kampagnen gehen umher etc.

Ach, hätten bloß alle so gelebt wie ich! Ich kann mir nicht helfen (das ist durchaus vieldeutig gemeint), aber ich liebe mein Leben! Was sind schon Corona Maßnahmen oder meine Person, wenn die Demokratie in Gefahr ist.

Corona schreibt vieles neu oder wieder groß, auch die Sehnsucht...

SEHNSUCHT

In der heutigen (Corona-) Zeit ist der Begriff bedeutungsvoller geworden als je zu vor. Alle sehnen sich plötzlich nach etwas - nach Freiheit, nach Geselligkeit, nach Reisen, nach Sport. Ich persönlich komme aus einem Kulturkreis, in dem die Sehnsucht schon viel länger und tiefer seine Wurzeln geschlagen hat. Meine Eltern stammen aus einem typischen Auswanderungsland, daher war Sehnsucht ein Wort, dass ich schon sehr früh in meinen Wortschatz integriert hatte. In meinem Umfeld wurde oft über die Sehnsucht gesprochen, die Sehnsucht nach der Heimat, nach geliebten Menschen, nach bekannten Lebensumständen oder Ähnliches.

Eine Methode, mit der Sehnsucht umzugehen, waren gemeinsame Videokassetten-Abende mit Menschen, die ebenso aus ihrer Heimat ausgewandert waren. Achtung Ironie: Bei den Frauen waren insbesondere die Filme beliebt bei der sie lautstark mitheulen konnten, Bsp.: Filme, in welcher der arme Bauernsohn eines Tagelöhners die Liebe seines Lebens verwehrt bleibt, weil seine Herzensdame die Tochter des reichen Landbesitzers ist, für den seine Familie auf dem Feld arbeitet. Obgleich die Liebe erwidert wird, wird ihnen eine gemeinsame Zukunft verwehrt. Die beiden Verliebten sterben vor Sehnsucht füreinander. Spätestens an dieser Stelle brachen alle Frauen fluchend in Tränen aus. Diese Filme wurden in meinem Kulturkreis allerdings gerne weiterempfohlen, oft mit den Worten: „Du musst diesen Film sehen, ich habe ja soooooo sehr geweint!"

Ein Film ist also umso sehenswerter, umso schmerzvoller er ist. Folglich ist für mich Sehnsucht gesellschaftlich etabliert, gern gesehen sozusagen. Das ist schon paradox irgendwie, denn während die „Sehn-sucht" unter anderem das schmerzhafte und vergebliche Verlangen beschreibt, etwas zu sehen, ein Ort oder eine Person oder Ähnliches, ist sie bei uns gern gesehen.

Ich muss zugeben, meine kulturelle Sozialisation erlaubt es mir, eine gewisse Ruhe bei Sehnsucht zu verspüren. Ich assoziiere mit ihr eine einsame Wanderung durch die Wüste, während ich den mystischen Klängen des Orients lausche.

Das Bild ist recht passend für mich, muss ich feststellen, denn in der Wüste ist es durchaus legitim, Sehnsucht nach überhaupt irgendwas zu haben. Mehr als Sand und das Rauschen des Windes gibt es ja auch nichts Weiteres. Allerdings gibt es auch nichts was mich stören würde - nur der Blick in die Weite und die beiläufige Hoffnung nach einem Wiedersehen des Vermissten.

Vermissen und Sehnsucht setzt stets ein Kennen voraus, nicht wahr?! Ich könnte eine Oase oder einen schattigen Platz nicht vermissen, wenn ich sie früher hätte nicht erfahren dürfen.

Wenn ich hoffnungsvolle Sehnsucht spüre, dann nur weil ich liebe. Das ist gut, denn das bedeutet, dass ich Liebe kennenlernen durfte!

Wenn ich Sehnsucht verspüre, schaue ich gerne in die Weite...

DAS OFFENE FENSTER

In unserem Wohnblock stand letztens ein Fenster offen. Es war so ungewöhnlich, dass es mich magisch anzog. Alle anderen Häuser schienen sich zu verschließen, nur das eine Haus mit seinem offenen Fenster stich hervor. Es war so kalt draußen, dass ich leicht fröstelnd mit Schal und Mütze auf der Straße stand und überlegte, was sich wohl dahinter verbergen mag. Hatte jemand gekocht, weil man liebe Menschen zum Essen eingeladen hatte? Brauchte jemand einfach frische Luft, weil er/ sie Kopfschmerzen hatte? Hatte man vielleicht gestrichen, weil man einen Neuanfang wagen wollte? Völlig egal was es war, es wirkte ungewöhnlich auf mich.

Gleichzeitig fragte ich mich warum es mich so interessierte.

Lag es daran, dass Offenheit inzwischen eine Rarität ist?

Während man in den sozialen Medien förmlich überschüttet wird mit Einblicken in private Leben, stirbt reale Nähe fast aus. Ich persönlich folge niemandem auf Sozialen Medien, dazu bräuchte ich auch erstmal ein Account. Bisher wollte ich kein Account auf den Sozialen Medien, da mich das gefilterte Privatleben irgendwelcher Menschen an die angeberischen Erzählungen der Freundinnen meiner Tante erinnern, die das Leben ihrer Kinder gerne in den Wettkampf schickten. Je länger der Nachmittagsklatsch wurde, desto imposanter wurden die Erlebnisse und erfolgreicher die Lebensläufe.

Damals seilte ich mich auch schon gerne ab. Entweder verschwand ich in der Küche oder ich beamte mich gedanklich in eine echtere Welt…warum sollte ich nun fremden Kaffeeklatschtanten auf den Sozialen Medien folgen, wenn mir der Anspruch, meinen Freunden wirklich gerecht zu werden, bereits eine gute zeitliche Organisation abverlangt.

Dieses offene Fenster wirkte verlockend...echt (gemeinte) Nähe ist verlockend!

Ich erinnerte mich an eine Sommernacht. Ich hatte alle Fenster im Wohnzimmer weitgeöffnet und genoss endlich die milde Brise am Ende eines überhitzten Tages. Es wehte regelmäßig ein angenehmer Wind und ich habe tatsächlich an nichts Besonderes mehr denken müssen.

Obwohl es einige Jahre her ist, kann ich mich noch immer an die frische Luft in meinem Zimmer erinnern, habe den Geruch dieser Sommernacht noch immer in der Nase und spüre die Entspannung in meinem Körper und Ruhe in meinem Geist.

Das Gefühl dieser Schwerelosigkeit sollten alle Menschen folgen!

Ich öffne mal das Fenster und atme tief durch...

Literaturverzeichnis

Seite „Familie". In: Wikipedia, Die freie Enzyklopädie. Bearbeitungsstand: 17. Mai 2021, 13:46 UTC. URL: https://de.wikipedia.org/w/index.php?title=Familie&oldid =212071751 (Abgerufen: 9. Juni 2021, 13:23 UTC)

So, nun ist unsere Reise zu Ende. Willkommen zurück im Hier und Jetzt! Ich hatte viel Freude am Sinnieren und Schreiben. Vielleicht hattest du ebenso Freude am Mitsinnieren und Lesen. Vielleicht kreuzen sich unsere Wege auf einer anderen Reise erneut…

Ahu Kelâm